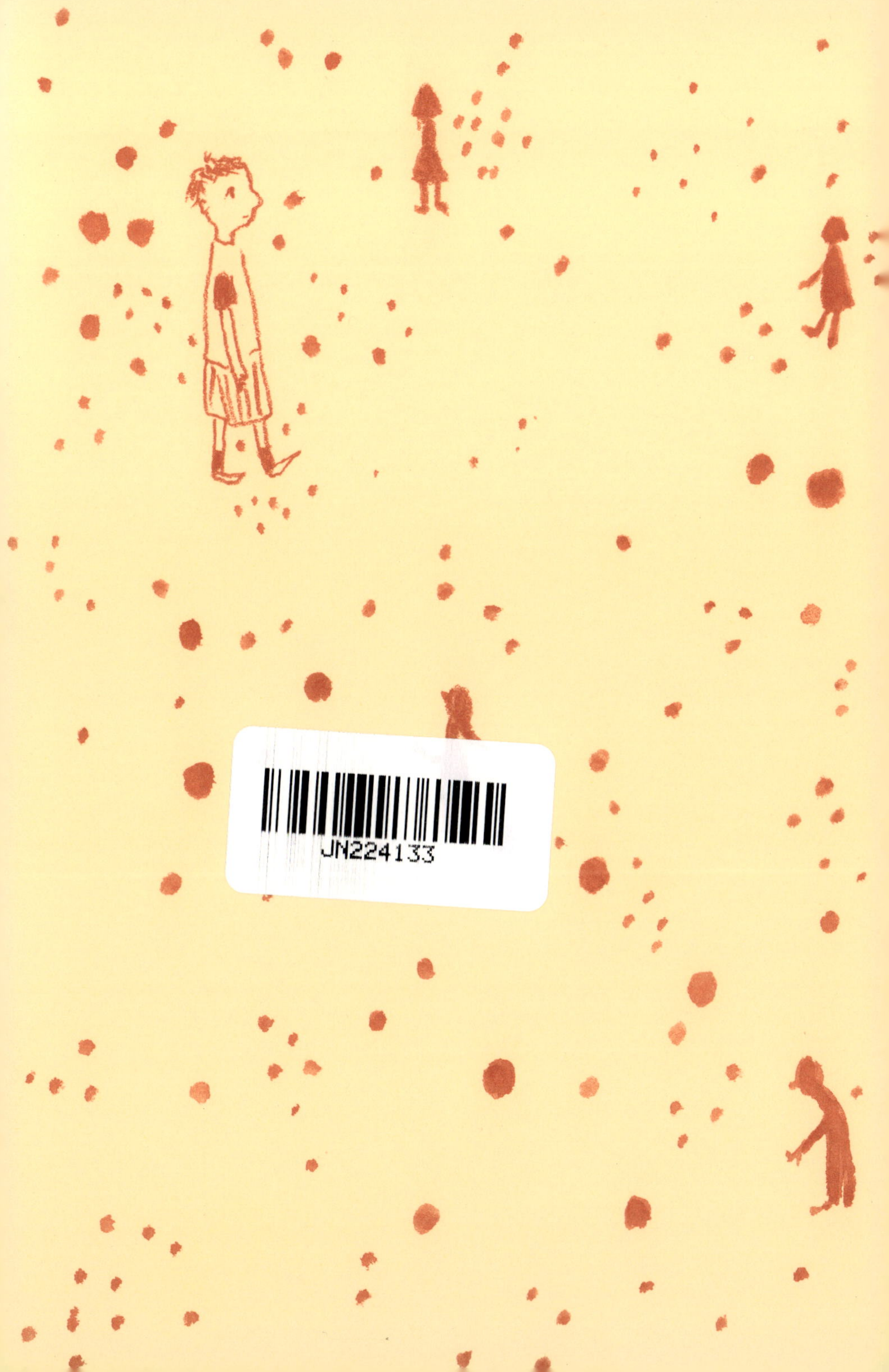

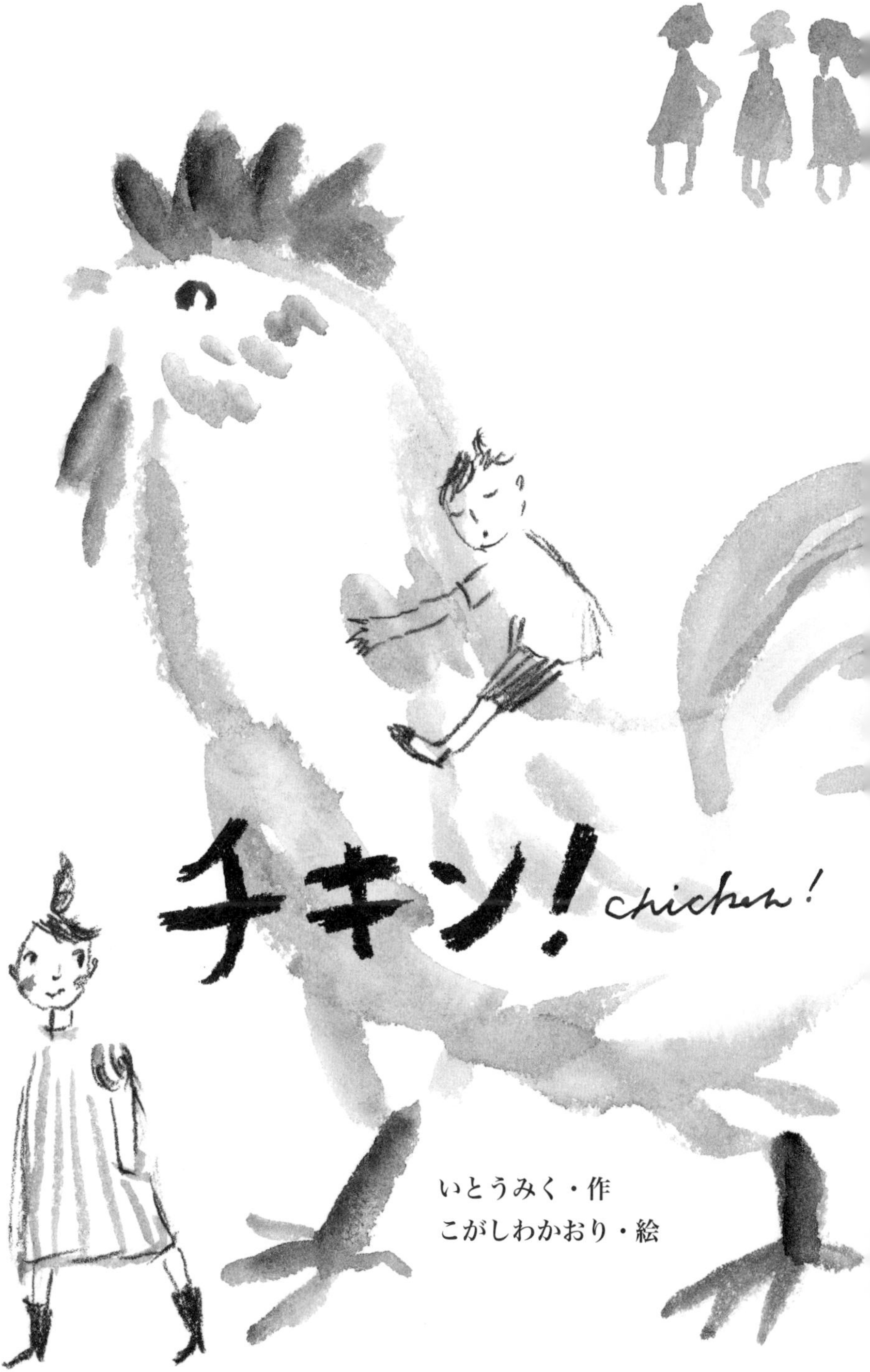

チキン!

chicken!

いとうみく・作
こがしわかおり・絵

もくじ

転校生・・・・・・・・10
許《ゆる》せないこと・・・・・・・・26
トラブルな毎日・・・・・・・・52
真中さんの事情《じじょう》・・・・・・・・70
こわい女子と単純《たんじゅん》な男子・・・・・・・・93
だれかを傷《きず》つけるのはいやだ・・・・・・・・115
ヒーロー・・・・・・・・136

エンディングソングが流れると同時に、ぼくはため息をついてテレビのリモコンを押《お》した。

学校でいま一番人気のあるドラマだから毎週見てはいるけれど、何度見てもおもしろいとは思えない。ストーリーは、トラブルに巻《ま》きこまれる友だちや家族を救うために、カイっていう男子中学生がひとり悪《あく》と戦う、っていうやつで、いわゆるアクション青春学園ドラマだ。

これのどこがおもしろいんだろう？　だいたい毎週毎週、事件《じけん》に巻きこまれるなんて現実的《げんじつてき》じゃないし、わけのわからない悪の組織《そしき》にひとりで立ちむかうなんて、考えただけでもゾッとする。

そりゃあドラマの中のカイはかっこいい。すごいと思う。あんなふうに強かったらなって、あこがれはする。

だけど、ぼくはぜったいにカイにはなれない。

十一年間生きてきて、ぼくはぼくほど弱いやつを見たことがない。いや、弱いっていうのならまだマシだ。だってそれは一応《いちおう》、戦いの舞台《ぶたい》に立っているってことだから。

ぼくは、そこにすら立ってない。できるかぎり争いごとを避《さ》けて、ちょっとくらい理《り》不尽《ふじん》だと思うことがあってもがまんする。なぜなら、ぼくっていう人間は、争いごとにはてんでむいていないから。そのことをぼくは小さいころからいやってくらい味わってきた。

一番古い記憶《きおく》はたしか……。

三歳《さい》くらいのときだったと思う。宇宙《うちゅう》公園の砂場《すなば》で、お気に入りの黄色いスコップを手に、ぼくは砂をサクサクやっていた。なにをつくっていたのかは、さすがに覚えていないけど、とにかく夢中《むちゅう》になって砂を掘《ほ》り起こし、こねまわしていた。

そこにやってきたのが、保育園《ほいくえん》で同じクラスのイチ君だった。イチ君はからだがデカい。ぼくの頭がイチ君のアゴくらいだったから、ちょうど頭ひとつ分くらい大きかった。

しゃがんでいるぼくの前に、ズンとミラクルモンスターの靴《くつ》があらわれた。顔をあげると、赤いトレーナーを着たイチ君がぼくを見おろしていた。それはまるで赤《あか》鬼《おに》みたいに見えて、ぼくは固まった。

イチ君は、ぼくが使っているスコップをだまってつかんだ。

「あっ、だめ」

反射的《はんしゃてき》にスコップを引っぱったけど、あっさり奪《うば》われた。

すごく腹《はら》が立った。だって、ぼくが使ってたんだ。ぼくのスコップなんだ。

ぼくは足もとの砂《すな》を手のひらいっぱいにつかんで、思いきりイチ君に投げつけた。

そのとき——。

ブオオオオっと風が吹《ふ》いた。

イチ君へ放たれたはずのサラサラの砂は、標的を変えてぼくにむかってきた。

全身砂だらけになったのは、ぼくだった。

目に入った砂が痛《いた》くて、めちゃめちゃに目をこすった。それでひどい結膜炎《けつまくえん》になって、楽しみにしていた遠足に行けなかった。

もうひとつは、五歳のときのことだ。

そのころ保育園では、戦いごっこっていうあそびが流行《はや》っていた。戦隊《せんたい》ヒーロー・ギャオレンジャーのマネをして、首に布《ぬの》を巻《ま》き、新聞紙を筒《つつ》にしてつくった剣《けん》を持ってバシバシふりまわすっていうあそびだ。ぼくもギャオレンジャーになりきって、キメのポーズをとったり、新聞紙の剣をふりまわしていた。

その日も、いつもみたいにお昼寝《ひるね》の前にホールの中をみんなで走りまわってバシバシやっていたら、ぼくは布団《ふとん》で足をすべらせて、転んだ拍子《ひょうし》に戸棚《とだな》の角に額《ひたい》をぶつけた。

パチパチパチ！

目の前に線香花火《せんこうはなび》みたいな火花が飛んだ。

おでこに手をやると、指先になまあたたかいものがぬるっとふれた。手を見たぼくは、そのまま気を失ってしまった、らしい。

そのあとのことは覚えていない。

お母さんから聞いた話によると、ぼくは戸棚の角で額をぱっくり四センチほど切って、担任《たんにん》のまゆみ先生に担《かつ》がれて病院へ行ったのだそうだ。

幸い、ケガは見た目ほどすさまじいものではなく、数針縫《すうはりぬ》いはしたけれど、たいしたことはなかった。

それでも、頭から血を流して倒《たお》れるという図は、なかなかインパクトがあった。ぼくが病院に連れていかれたあと、年長組では、泣く子、叫《さけ》ぶ子、異常《いじょう》にしゃべりまくる子と、クラス中がものすごい興奮状態《こうふんじょうたい》になった。……らしい。

次の日、いっしょにあそんでいた何人かが、それぞれお母さんに連れられて「ごめんね」って泣きながらお見舞《みま》いに来てくれた。

けど、あれはだれのせいでもない。ぼくが勝手に転んだだけだ。

ちなみに流血騒動《りゅうけつそうどう》以降《いこう》、保育園《ほいくえん》での戦いごっこは全面禁止《きんし》になった。

ぼくが転んだせいで、せっかくの楽しいあそびをとりあげられてしまったのだと思うと、幼《おさな》いながらみんなに申《もう》し訳《わけ》ないような気分になって、肩身《かたみ》がせまかった。

たとえあそびであっても、そういうことにかかわるとロクなことがない。

そのほかにも、同じクラスのマユちゃんと帽子《ぼうし》つきドングリをとり合って、中指をつき指したり、イチ君とトシ君のケンカを止めようとして、ふたりから同時にパンチをくらって鼻血を出したり……。

あげていくとキリがない。

いつしかぼくは、ケンカでも、もめごとでも、あらゆるめんどうなトラブルを避《さ》けて通るようになった。

転校生

パシッ

「おっ、拓《たく》ちゃん考えたね。いい手だよ」

麻子《あさこ》さんは人差し指で鼻のあたまをこしょっとかいて、ぼくの顔を見た。

エヘヘ、そりゃそうだよ。昨日から考えてきた一手だもん。

鼻をふくらませるぼくを麻子さんは一度見て、シワのある手を動かした。

パチンッ

香車《きょうしゃ》を動かし、盤面《ばんめん》に置くと中指のおなかでとんとんと駒《こま》を軽くおさえる。

これは麻子さんのいつものクセだ。なんだかその動きを見ていると、試合に出る選手に「頼んだぞ」っていってる監督《かんとく》みたいに見える。

ぼくはゴクリとつばを飲んで、麻子さんがさした香車をとった。

どうだ！

と、麻子さんはすっと金将《きんしょう》を動かした。

「王手《おうて》」

「えっ！」

「まだまだあたしにはおよばないねぇ」

麻子さんはそういってうちわをパタパタしながら、梅干《うめぼ》し入りのお茶をすすった。暑いときでも麻子さんは熱いお茶を飲む。

それにしても二六連敗かぁ。

六年生になってから、ぼくは一度も麻子さんに勝てていない。いま思えば、五年生までおもしろいくらいバンバン勝っていたのは、ぼくに将棋《しょうぎ》のおもしろさを教えるための麻子さんの手だったんだと思う。そう気づいたときには、もう将棋が楽しくなっていて、負けつづけていたって、将棋をきらいになったり、やめたいと思うことはなくなっていた。

ぼくはまんまと、麻子さんの作戦にはまってしまったんだ。

「拓ちゃんはいいセンスをしてるんだけどね、攻《せ》めこみが弱いんだよ。迷《まよ》いがあるんだねえ。慎重《しんちょう》なことと尻込《しりご》みするのとはちがうんだよ。ここぞというタイミングのときは、迷わず打ちこんでいかないと。至高《しこう》の一手は攻めから生まれるものなんだよ。あたしの経《けい》験上《けんじょう》」

駒台《こまだい》の上にある持ち駒の香車《きょうしゃ》を見た。

たくさんの駒の中で、ぼくがいつもうまく使いきれないのがこの香車だ。香車は相手の陣地《じんち》に入るまで、まっすぐ前にしか進めない。戻《もど》ることも、右に行くことも、左に行くことも、ななめにも動けない。だけどまっすぐ前になら、いくつでも詰《つ》めることができる。どこまでもまっすぐ。

攻《せ》めなきゃ勝てない。駒をとられることをこわがっちゃダメなんだ。それはわかってる。麻子《あさこ》さんにこれまでも何度もいわれた。だけど、争いたくない、もめごとからはできるだけ遠ざかりたいっていうぼくの性格《せいかく》は、将棋《しょうぎ》の指しかたにまでバッチリ反映《はんえい》されちゃって、どうしても守りに入ってしまうんだ。

ぼんやり盤面《ばんめん》を見ていると、麻子さんはコポコポとぼくの湯飲みにお茶を足した。

「そういえば、拓《たく》ちゃんは何組？」

「組？」

「学校のクラス」

「うんと、一組。六年一組だよ」

「一組ね。そう」

「なんでそんなこと聞くの？」

ぼくが聞くと、麻子さんはふふーんと不敵《ふてき》な笑みをもらして「べつに」といった。

べつにってことはないと思うけど、それ以上は聞かなかった。

風鈴《ふうりん》が小さく音を立て、なまぬるい風が頬《ほお》をなでた。

ぼくは湯飲みに口をつけてから、「じゃあ帰るね」と腰《こし》をあげた。


ぼくんちは、麻子さんちのとなりにあるマンションの一階だ。

マンションの建っているところは、もともと麻子さんちの庭だったんだけど、十年くらい前におじいさん、つまり麻子さんのだんなさんが死んじゃって、そのとき相続税《そうぞくぜい》というものを払《はら》うために、土地を半分売ったんだって。

ずっといっしょに暮《く》らしてきた家族がいなくなって、そのうえ土地までなくなってしまうなんて、なんだかひどい話だと、そのときぼくは思った。

でも、麻子さんはいつも元気で明るい。

ぼくんちがこのマンションに越《こ》してきたのは、ぼくが一年生になる春だった。

お父さんもお母さんも会社に勤《つと》めているから、学校が始まるとぼくは家のカギを渡《わた》された。

「大事なものだから、ぜったいになくしちゃダメよ」

そういってお母さんはカギをランドセルにくくりつけて、内側のチャックつきのポケットの中に入れた。

ところが学校にもなれてきたころのある日、家に入ろうとしてカギがないことに気がついた。ぼくはマンションの廊下《ろうか》でランドセルの中身を全部ひっくりかえしてさがしたけど、カギは見つからなかった。

家に入れない……。

それは一年生のぼくにとって、ものすごい恐怖《きょうふ》だった。もう一生、家に入れないんじゃないか、一生、お父さんにもお母さんにも会えないんじゃないかって、本気でこわくなって、ビービー泣いた。

そんなぼくに声をかけてくれたのが、麻子《あさこ》さんだった。

「お母さんが帰ってくるまで、うちで待っておいで。郵便《ゆうびん》受《う》けに貼《は》り紙《がみ》をしておけば、むかえに来てくれるだろ」

そういって手をひかれて、麻子さんちに行った。

縁側《えんがわ》で麻子《あさこ》さんと食べたスイカは、汗《あせ》と涙《なみだ》と鼻水とでちょっとしょっぱかった。

麻子さんはお母さんよりも背が低いし、ぼくも四年生くらいになると麻子さんより背《せ》が高くなった。でも、あのときの麻子さんは、とっても大きく見えた。

麻子さんとのつきあいが始まったのは、そのときからだ。


「ただいまー」

「おかえり。また、麻子さんち？」

寝癖《ねぐせ》のついた髪《かみ》にパジャマ姿《すがた》のお母さんが、コーヒーカップを棚《たな》からとりだした。

時計を見ると、十二時四十分。これが日曜日のお母さんのスタイルだ。いつもは五時半には起きて、朝ごはんと晩《ばん》ごはんの下ごしらえまでして、七時半にはしゃきしゃき会社に出かけていくけど、休みの日はだらーんとしている。

お父さんがいたころは、それでも十時には起きてきたけど、去年お父さんが新潟《にいがた》に単身《たんしん》赴任《ふにん》してから、休みの日は昼過ぎまで起きてこない。

お母さんは、「寝だめをしているのよ」っていうけど、起きてくると「背中《せなか》が痛《いた》い」とか、「目が腫《は》れちゃった」とかいって、なんだかよけい疲《つか》れた顔をしてる。

「麻子さんと将棋《しょうぎ》してた」

ぼくがいうと、お母さんは「よくあきないね」といいながら、カップにコーヒーをそそぎ、冷房《れいぼう》のスイッチを入れた。

「でも日曜日までお邪魔《じゃま》して、麻子さんご迷惑《めいわく》なんじゃないかしら？」

お母さんは毎週のように同じことをいうけれど、麻子さんは仕事をしているわけでもなければ学校に行っているわけでもない。だから毎日が日曜日みたいなもんだもん。日曜だから迷惑っていうことは、きっとないと思う。

「平気だよ」

といってぼくは冷蔵庫《れいぞうこ》からオレンジジュースをとりだした。

「そういえば麻子さんち、だれかいた？」

「だれか？　ううん、いないよ。なんで？」

グラスにオレンジジュースをなみなみ入れて、ごきゅごきゅのどを鳴らす。

「おとといの夜ね、お母さんが帰ってくるときに麻子さんちの前に引越《ひっこ》し屋さんのトラックが止まってたの」

「引越し屋さんのトラック？」

「そう。机《つくえ》とかベッドとか運んでたみたいだけど」

「夜に引越《ひっこ》しなんてしないでしょ」

「あらそんなことないわよ。酒屋さんの角の滝本《たきもと》さんちだって夜だったたじゃない」

滝本さんちのは夜逃《よに》げだ。ウワサでは、だけど。

でも、机にベッドってなんだろう。机は居間《いま》にも台所にも大きいのがあるし、ベッドは苦手だっていっていた。いつも庭に干《ほ》してある年季の入った布団《ふとん》を麻子《あさこ》さんはとても大事にしていて、このあいだ、布団屋さんに打ち直してもらったっていってたし。

「麻子さんなんにもいってなかったよ。だれもいなかったし」

「ふーん」

お母さんはちょっと考えるような顔をして、まっ、いいかと笑った。

こういう切《き》り替《か》えの早さは、お母さんの長所だ。ぼくは一度気になると、いつまでもそのことが頭からはなれない。しかもあまりいい方向に想像力《そうぞうりょく》を働かせることができないのが辛《つら》い。

たくさんの荷物、机にベッドか……。

なんだろう。

「ニュースニュース、大ニュース」

月曜日、本馬《ほんま》君が目ん玉をギンギンに光らせて教室に飛びこんできた。

本馬君は、クラス一の情報通《じょうほうつう》だ。なにかおもしろい話はないかっていつも目を光らせていて、どこにでも首をつっこんでいくから、あちこちで「うるさい」とか「あっちに行って」とかいわれてるけど、本人はちっとも気にしていない。で、ターゲットにひっついて、結局、話を聞きだしてしまう。

いいたくなければどんなに聞かれたって、いわなければいいのに。

と、ぼくは思うんだけど、本馬君の聞きだしかたはとてもうまいらしくって、みんなつい口をすべらしてしまう、らしい。〝らしい〟っていうのは、ぼくはこれまで一度も本馬君に話を聞きだされたことがないからだ。トラブルを避《さ》けて生きているぼくは、本馬君にとって興味《きょうみ》の対象にはならないんだろう。

「転校生が来るぞ」

本馬君は鼻の穴《あな》をぶんとふくらませて教卓《きょうたく》に手をついた。

「まじー！」

「オトコ？　オンナ？」

「私、ぜったい女子がいい」

「ばーか、男子のほうがいいに決まっててんじゃん」

教室のあちこちで声が上がった。

「で、どっちなんだよ」

うしろの席で椅子《いす》をゆらゆら倒《たお》しながら嵐《あらし》君がいった。

六年一組で一番大きくて、ケンカも強い。

本馬君はえーって、一瞬《いっしゅん》天井《てんじょう》に視線《しせん》を泳がせて、「それはまだ未確認《みかくにん》だけど」と、語尾を濁《にご》らせた。

「そんなこともわかんねえのか」

嵐君が笑う。

あきらかにバカにしたその笑いに、本馬君の顔がひきつった。

いやな予感。

本馬君は日頃《ひごろ》は軽いノリで、ひょいひょいっと世の中を渡《わた》っているようなお調子者だけど、自分の仕入れた情報《じょうほう》をバカにされるとぶち切れる。

このあいだも大変だった。保健《ほけん》の美浦《みうら》先生と担任《たんにん》の東野《ひがしの》先生がふたりで歩いていたって得意気に話していたら、

「東野センセーが美浦センセーのこと好きなことなんて、全員知ってるぜ」

って、嵐《あらし》君が笑った。そうしたら、突然《とつぜん》「うおー」って奇声《きせい》を発して、椅子を投げつけ、本馬君は嵐君と取っ組み合いになった。

結局、本馬君はぼこぼこにやられたんだけど。

本馬君は、もうそのときのことを忘《わす》れちゃったんだろうか？

ぼくは目立たないようにこそっと本馬君を見た。

本馬君は顔を真っ赤にして、嵐君をにらみつけている。

……本馬君に、学習能力《がくしゅうのうりょく》はないみたいだ。

ガタッ
嵐君が椅子を鳴らして立ちあがった。あごをつきだし、にやりと笑う。

土曜日のあのドラマに出てきたガラのわるい男たちみたいな表情《ひょうじょう》になっている。

あぁ、やめておけばいいのに。

だいたいこれって、もめるようなことか？　本馬君をいちいちあおる嵐君も、いちいち

つっかかっていく本馬君も、どっちもぼくには理解《りかい》できない。

——転校生が来るよ。

——男と女どっち?

——うーんそれはまだわかんない。

——どっちだろうね、楽しみだね。

なんでこういうふつうの会話が成立しないんだ。

ぼくがそんなことをつらつら考えているあいだに、ふたりはつかみ合っていた。

ガガガガッ

机《つくえ》が押《お》されて、廊下側《ろうかがわ》の机の列がくずれる。女子の「やめなよ!」「きゃー」という声が教室に響《ひび》く。数人の女子が先生を呼《よ》びに廊下に飛びだし、男子の半分はつかみ合っているふたりを止めに入り、半分はまわりでにやにやして見物している。

ぼくは……、気持ちとしては、「やめなよ」って思っている。けど足が前に動かない。気づくとからだ半分、廊下に出ていた。

巻《ま》きぞえをくらいたくない。という脳《のう》からの指令が、知らず知らずぼくのからだを動かしてしまうのだ。

「こらー、やめんか」

ぼくの横をすりぬけるようにして東野先生が教室に飛びこんでいくと、ぴたっとクラス全体の動きが止まった。で、次の瞬間《しゅんかん》、止めに入っていたり、まわりで見物していた男子はぱらぱらと席に戻《もど》りはじめた。

残ったのは胸《むな》ぐらをつかみ合っているふたりだけだ。

「またおまえたちか」

東野先生はふたりのあいだに入ると、「あとで職員室《しょくいんしつ》に来るように。わかったな」と、ため息をついた。

ともかく大事にならなくてよかった。流血騒動《りゅうけつそうどう》はごめんだよ。ぼくがホッと息をついたとき、とん、と背中《せなか》をたたかれた。

「どいてくれる」

ふりかえると、見なれないきれいな女の子が立っていた。

頭のてっぺんでおだんごにした髪《かみ》に、黒目がちの大きな瞳《ひとみ》。右の眉毛《まゆげ》の横に絆創膏《ばんそうこう》がぺたんと貼《は》ってある。

「あ、ああ、ごめん」

飛びのいたぼくの横を、その子は迷《まよ》いのない足取りで通りぬけた。

「しょっぱなからわるいなぁ」

「いえ」

女の子はへーぜんと東野先生の横に立ち、背筋《せすじ》をのばした。

ぼくもあわてて席に着いた。

転校生って、この子か。

「ちゅうもーく」

先生はクラス中を見わたして、

「転校生の真中凛《まなかりん》さんだ」

と、黒板の真ん中に大きく名前を書いた。

「じゃ、自己紹介《じこしょうかい》をひと言」

真中さんは「はい」とうなずくと、まっすぐ前を見た。

「真中凛です」

本当に、ひと言だった。

先生も拍子《ひょうし》ぬけしたみたいだったけど、「じゃあ、あそこでいいか」って、机《つくえ》と椅子《いす》をガタガタ運びこんで、廊下側《ろうかがわ》の一番うしろに置いた。

ぼくのうしろだ。

横を通り過ぎる真中さんを目で追うと、となりの席の仙道《せんどう》さんに「なに締《し》まりのない顔してんの!?」っていわれた。

締まりのない顔は生まれつきだよっ。

ただ、あの子がだれかに似《に》てるって思っただけなんだ。それがなにかは思いだせないんだけど、けっこう身近にいるような……。

ぼくは仙道さんに気づかれないように、もう一度そっとうしろをふりかえった。

許《ゆる》せないこと

「真中さんって、スタイルいいね」

休み時間、仙道《せんどう》さんがくるっとふりかえって真中さんに話しかけると、どどっと女子が群《むら》がってきた。

あまりの勢《いきお》いに思わず席を立つと、あっという間にぼくの席も女子でうまった。その中に男子がひとり混《ま》じっている。本馬君だ。

「バレエとかやってそう」

「あーそんな感じするー」

「前の学校ではクラブなに入ってたの」

「好きなゲーノー人は？」

「ケータイ持ってる？」

「彼氏《かれし》いるの？」

つぎつぎと飛び交う質問《しつもん》に、真中さんはテンポよく答えていく。

「バレエもダンスもやってないよ」

「演劇部《えんげきぶ》」

「芸能人はべつに興味《きょうみ》ない」

「ケータイは持ってない」

「いないよ、彼氏《かれし》なんて」

きれいな顔立ちとハキハキとした口調。人気者になる素質《そしつ》十分って感じに見える。だけど、ぼくはなんだかいやな予感がした。理由なんてわからないけど、直感。ぼくにはちっこいころからの経験《けいけん》で培《つちか》われた、草食動物並《な》みの危機察知力《ききさっちりょく》があるんだ。

そろそろ休み時間が終わろうかってころ、真中さんを囲む輪のうしろから本馬君が身をのりだした。

「その絆創膏《ばんそうこう》、どうしたの？」

眉毛《まゆげ》の横を指さした。みんな、聞くに聞けないけど、気になっていたことだ。だって、顔に絆創膏を貼《は》っている女子ってあんまり見ないもん。

「貼ったの」

はっ？　なにいってんの？

本馬君の聞きかたも曖昧《あいまい》っていえば曖昧だけど、なにを聞かれてるのかはわかるはずだ。本馬君は、「顔に絆創膏《ばんそうこう》が貼《は》ってあるけど、けがをしたの？」って聞いたんだ。いや、もう少しつっこんでいうと、「なんで絆創膏を貼るようなけがをしたの？」ってことだ。

微妙《びみょう》な空気が一瞬《いっしゅん》流れたけどチャイムがなって、みんなが席に戻《もど》った。

ぼくも席に戻って机《つくえ》の中から国語の教科書を出していると、とんっ、と背中《せなか》をたたかれた。

ふりかえると、真中さんがぼくの足もとを指さした。

「それ、拾ってくれる」

見ると四角い消しゴムが、ぼくの左足のところに落ちている。

「あ、うん」

消しゴムをつまんで机の上にちょんと置くと、真中さんはにっこり笑って「ありがとう」っていった。

へえー、すごくきれいに「ありがとう」をいう人だな、ってぼくが感心していると、また背中をとんとたたかれた。

「なに？」

「どういたしまして、は？」

へっ？　お礼のお礼の、催促《さいそく》？

「あ、ど、どういたました」

かんだ……。

すると真中さんはケラケラ笑って、ぼくをまじまじと見た。

「名前なんていうの？」

「ぼくの？」

関わらないほうがいい。

関わるな。

防衛《ぼうえい》レーダーがそう反応《はんのう》しているけど、うしろの席に座《すわ》っているわけだから無視《むし》するわけにもいかない。

ぼくが口ごもっていると、仙道《せんどう》さんがふりかえってぼくと真中さんに視線《しせん》を動かした。

「ぼ、ぼくは……日色拓《ひいろたく》」

「ヒイロ、タク」

真中さんは「ヒーローか」ってくすりと笑った。

やっぱ、無視すればよかった。

「ヒーロー!?」

仙道さんがケラケラ笑う。

「真中さんチョーウケるんだけどー」

と、真中さんはまじめな顔をしてぼくを指さした。

「なにがウケるの？　っていうか、あたしこっちと話してるんだけど」

笑ったまま、仙道さんの顔がひきつった。

「わるいけど、少し引っこんでてくれないかな」

「はっ？」

仙道さんは顔を赤くして、いや、青くして固まった。

やばい。これはやばいよ。いきなりそんないいかたをしたら……。

仙道さんは女子のリーダー格《かく》だ。運動神経《うんどうしんけい》がよくて、勉強もそこそこできるし、気も強い。タウン誌《し》の『ハッケン！　おしゃれ親子』っていうコーナーに写真が掲載《けいさい》されたことが自慢《じまん》っていう女の子だ。好きなものは、きれいなものとオシャレなもの。きらいなのはダサいことと地味なこと。

グループに入れる入れないの線引きは、そこにあるみたいだ。

仙道《せんどう》さんを中心にしたグループに入っているかいないかで、クラスの立場がぜんぜんちがってくる。入っていない子は、すみに追いやられて、発言権《はつげんけん》もない。その子たちは息をひそめて、出来るだけ目立たないようにやり過ごしている。じゃあ仲間に入っていれば安《あん》泰《たい》なのかっていうと、これまたそうでもない。さっきまで仲良く腕《うで》を組んでいたのに、その子がいないところで悪口をいっていたり、昨日までトイレに行くのも、教室移動《いどう》のときもいっしょだったのに、いきなりひとりぼっちで机《つくえ》につっぷしていたりする。その理由がまったく見えないから、こわい。

ちなみに男子のボスは嵐《あらし》君。嵐君は乱暴《らんぼう》だし、気に入らないことがあるとすぐにプロレス技《わざ》をかけてきたりするけど、基本的《きほんてき》に単純《たんじゅん》だからうまく距離《きょり》をとっていれば被害《ひがい》にあうことはない。

本当に女子に生まれなくてよかった、とぼくはしみじみ思う。

なのに真中さんはその仙道さんを邪険《じゃけん》にあつかってしまった。これはまずいんじゃないか……。

ぼくが不安をつのらせているのに、真中さんはそんな空気をまったく無視《むし》してニッと笑った。

「ヒーローっていうより、チキンだけどね」

「はっ？」

「だから、チ・キ・ン」

「なんでぼくが鶏肉《とりにく》なの？」

真中さんはプハッと吹《ふ》きだした。

「ちがうよ、弱虫とか気が弱いヤツのことをチキンっていうの。さっきのケンカ、あんた見てるだけなのに腰《こし》ひけてたよ」


給食が終わると、仙道さんと、仙道さんの側近の西園《にしぞの》さんと久田《ひさだ》さんの女子三人が、「学校を案内するね」って真中さんを連れて廊下《ろうか》に出ていった。さっきの「引っこんでてくれないかな」発言で、真中さんはかんぺき仙道さんにきらわれた、と思っていたぼくは、ちょっとホッとした。

べつに、ぼくは真中さんのことを心配したわけじゃないけど、仲間はずれにされたり、したりするのを見るのは気が重い。

たしかに真中さんはきれいだし、パッと人目をひくはなやかさがある。ちょっと変わったところがありそうだけど、とりあえず自分たちのグループに入れておいたほうがいいって仙道《せんどう》さんは思ったのかもしれない。

「日色」

顔をあげると、本馬君の顔があった。

「え？」

「ちょっとつきあってよ」

本馬君がこんなことをいってくるのははじめてだ。そもそも話をしたことだってそんなにないんだから。

「ヒマだろ」

そりゃあヒマはヒマだけど……。ぼくは上目づかいで本馬君を見た。

「どこに？」

「調査《ちょうさ》だよ、調査。仙道たちと転校生のあの子、どこか行っただろ。おもしろそうじゃん」

どこがおもしろそうなんだろう？

「いやだよ」

「いいじゃん、日色、さっき転校生と話してただろ。つーかさ、オレだけ女子についていくとケーカイされんだよ。な、頼む」

本馬君は両手を頭の上でパチンと合わせた。

「だけど」

「いいじゃん、べつに」

よくないから断《ことわ》っているのに……。

「頼む、な、な、ほら早く行かないと見失う」


気がついたらぼくは本馬君と廊下《ろうか》を歩いてた。

押《お》しの強いヤツにも、ぼくは弱い。

あぁ、見つからなければいいのに。と思いながら本馬君のあとをついていくと、三階に上がったところで本馬君が声をあげた。

見ると、つきあたりの音楽室のドアの向こうに仙道さんたちがいた。

「いこっ！」

と、ぼくの腕《うで》を引いて本馬君は前のめりになってつき進んでいく。

「おーい、オレらも参加させて」

本馬君が大きな声を出すと仙道《せんどう》さんがふりむいた。あきらかにムッとした顔をしている。

「やめとこうよ」

ぼくは小声でいったけど、本馬君はずんずん四人にむかっていく。

「あれ？」

音楽室まで来て、本馬君もようやくなにか感じたみたいだ。これで帰る気になったかな
……と、ぼくがホッとした瞬間《しゅんかん》、

「なんかあった⁉」

本馬君は声をはずませた。

「べーつに」

西園さんは、ぜんぜん〝べつに〟じゃなさそうにいって、三人のほうに視線《しせん》を動かした。

げっ。

真中さんが、大きな目で仙道さんのとなりに立っている久田《ひさだ》さんをにらみつけている。

妙《みょう》な沈黙《ちんもく》。空気がびりびりして、痛《いた》い。

こんなにおっかないシチュエーションなのに、本馬君は目をきらきらさせてうれしそうだ。

「ね、もういいじゃん。久ちゃんだって悪気はなかったんだしさ」

仙道さんが沈黙をやぶった。

状況《じょうきょう》はわからないし、仙道さんのことはあんまり好きじゃない。けど、とにかくこの場をおさめようとしているらしいという点で、ぼくは仙道さんの意見にうなずいた。

「ちゃんとあやまるのが先だよ」

真中さんは仙道さんのことばを無視《むし》して久田さんをにらむ。

「なんで私が」

と、久田さんも真中さんをにらみかえす。

「てかさ、あやまるってだれに？」

本間君が首をつっこむと、仙道さんと西園さんが顔を見合わせた。

「それ、あたしも聞きたいんだけど……。音楽の今田《いまだ》先生にあやまればいいってこと？」

西園さんがおずおずというと、真中さんはすっと目を細めて両手を腰《こし》にあてた。

「今田先生ってあの人の関係者なの？　それとも親戚《しんせき》？　子孫かなんかなの？」

真中さんがびしっと音楽室の壁《かべ》を指さした。

その指をつつつ、とたどっていったぼくは目を疑《うたが》った。

「ちょっ、ちょっとタンマ」

本馬君も戸惑《とまど》ったような顔をしてあいだに入った。

「あのさ、久田《ひさだ》が悪口いったのって、あの人？」

仙道《せんどう》さんが、こくりとうなずいた。

「いやいやいやー、え、マジ？　ガチでバッハ？」

本馬君の声にぼくも混乱《こんらん》した。

「でしょ、おかしいでしょ」

西園さんがぼそりと口をひらいた。

話によると……。

音楽室について楽器置き場なんかを案内しているときに、久田さんが「このおじさんの髪《かみ》マジキモーイ。っていうか、このあごやばいしー」とかなんとか、ふざけていったらしい。そうしたら突然《とつぜん》、真中さんが怒《おこ》りだしたんだって。

「人の外見をアレコレいうな！」

って。最初はみんな冗談《じょうだん》でいっているんだって思ったけど、真中さんは大まじめだった、らしい。

そりゃあ悪口をいうのはよくないことだよ。でも相手は絵じゃん。ぼくは久田さんに同《どう》情《じょう》した。それにさ、会ったこともなくて、もうこの世にいない人の悪口をいうより、同級生のぼくをチキンなんていったことのほうがよっぽど失礼なんじゃないか？

こういうときにこそ本馬君の軽いノリが必要なのに、本馬君もリアクションに困《こま》っている。ぼくはそっとみんなの顔を見まわした。

まず、真中さんはバリバリ怒っている。仙道さんもムスッとしているし、西園さんと本馬君は目が泳いでる。で、久田さんは顔を赤くして口をつきだしてる。

こういうとき、とりあえず場を丸くおさめる手っとり早い方法は、怒《いか》り心頭の真中さんをしずめることだ。

「あやまっちゃえば？　バッハに」

ぼくがぼそりというと、

「そ、そうだな」

本馬君もうなずいた。

「絵だよ！」

久田《ひさだ》さんがバン！　と足を踏《ふ》み鳴らして、顔を真っ赤にしてぼくをにらんだ。

「なんで絵にあやまんなきゃいけないの⁉」

え、ぼく？　ぼくに怒《おこ》ってんの？　なんで？

「バカ！」

久田さんはぼくをつきとばして、廊下《ろうか》へとびだしていった。

「久ちゃーん」

仙道《せんどう》さんと西園さんと、本馬君までもが久田さんを追いかけていった。

い、痛《いた》い……。

おしりをしこたま床《ゆか》に打ちつけたぼくに、「ん」と、真中さんが手をのばした。

立ちあがっておしりに手をあてていると、真中さんがすっと目を細くした。

「おおげさ。そんなんだからチキンっていわれるんだよ」

おいっ……。っていうか、チキンなんていってるのは真中さんだけなんですけど。

「あたし、卑怯《ひきょう》な子って大きらい。かげで悪口いうのって許《ゆる》せないんだ」

「絵、でも……？」

「気持ちの問題。相手がいいかえせないってわかってていうのは、卑怯だと思う。それがたとえ肖像画《しょうぞうが》でもね」

真中さんはそういって音楽室を出ていった。

かーかーかー
校門の横にあるシイの木の上で、カラスが鳴いた。

疲《つか》れた。

背中《せなか》のランドセルがやたらと重い。

なんて一日だったんだろう。運動会と学芸会をいっしょにやったくらいの、いや、それ以上の疲労感《ひろうかん》だ。

とりあえずぼくは、家に帰る前に麻子《あさこ》さんちへ寄《よ》ることにした。

今日のことをだれかに聞いてもらって、早くおなかの中にあるものを全部はきだしてしまいたい。

——話すだけでラクになるもんだよ。

低学年のころ、うじうじめじめ悩《なや》んでいたぼくにそういってくれたのは麻子《あさこ》さんだ。以来ぼくは、学校や家でなにかあるたびに、麻子さんに話を聞いてもらってる。麻子さんはべつになにをいうわけでもなくて、「ほー」とか「そりゃ困《こま》るよねぇ」とか、うんうんうなずいているだけなんだけど、不思議と話しおわるころにはスッキリした気持ちになる。

こわれた垣根《かきね》の隙間《すきま》から庭に入って、「麻子さーん」と縁側《えんがわ》から家の中に声をかけた。部屋の奥《おく》から麻子さんの声が聞こえたけど、なかなか出てこないから、ぼくはランドセルを縁側に置いて、庭の隅《すみ》にある井戸《いど》へ行った。

ポンプをコキコキ押《お》して、顔を洗《あら》う。井戸の水は、夏でもひんやりして気持ちがいい。頭にも水をかけると、首筋《くびすじ》がキンとした。

ブルブルッと犬みたいに頭をふって、空を見あげた。

五時近くてもまだ昼間みたいに空は明るい。青い空に、絵の具がほとんどついていない筆をこすりつけたみたいな白い雲がうっすら浮《う》かんでいる。

きれいだな、と大きく息を吸《す》ったとき、ふわっと石けんのにおいのする手ぬぐいが顔にかかった。

「ありがとう」

ふりかえったぼくは悲鳴をあげた。

「ぎゃあああああ！」

「おどろいた、おどろいた、拓《たく》ちゃんがおどろいた」

麻子さんが部屋の中から顔を出して、楽しそうに手をたたいた。

「えっ、え、え、え⁉」

「おどろきすぎ。あたしはモンスターか」

目の前で真中さんが口をとがらせた。

これって、いったい……。

「拓ちゃんをびっくりさせてやろうと思って。でもこんなにおどろくとは思わなかったよ」

麻子さんは縁側に腰《こし》かけて、ここに座《すわ》んなさいというように、となりをとんとんたたいた。

ぼくは麻子さんにいわれるまま、縁側に腰をおろした。

心臓《しんぞう》がまだドキドキしている。

「まさかあんたがおばあちゃんの友だちとはね」

友だち？

麻子《あさこ》さんを見ると、うんうんとうなずいている。

そうか、ぼくと麻子さんは友だちか。そういわれるとそうだ。ぼくと麻子さんは友だち以外の何者でもない。

年はうんとはなれているけど。

いや、友だちに年齢《ねんれい》の差なんて関係ないか。

「凛《りん》、しばらくここで暮《く》らすことになるから、拓《たく》ちゃんよろしくね。この子はときどき無茶なことをするから。これだって」

と、眉《まゆ》の横に貼《は》ってある絆創膏《ばんそうこう》に目をやった。

「ジャングルジムからおりられなくて泣いてた子をおろしてあげようとしたとき、その子の足があたっちゃったんですって」

そうだったんだ……。

「おばーあちゃん！」

真中さんはムッとした顔をしたけど、麻子さんはニコニコしてちっとも気にしてない。

「拓ちゃんなら、凛もきっと仲良くなれるよ。なんたって凛はあたしの孫なんだから」

「孫？　麻子さんの？」

「そうそう」

「でも、でも麻子さんと名字ちがうじゃん」

ぼくがいうと、真中さんはふんと鼻を鳴らした。

「あたしのお母さんが、おばあちゃんの娘《むすめ》。結婚《けっこん》して名字が変わったの」

あっ、そりゃそうか。いや、いくらぼくだって、ふつうのときならそのくらいのことはわかる。だけど、たぶん、いやぜったい、この状況《じょうきょう》をぼくの心が受け止めきれていないんだ。

「拓ちゃん、羊羹《ようかん》食べるだろ。持ってくるから待っておいで」

「ちょっ」

部屋の中に消えていく麻子さんの背中《せなか》に手をのばしたぼくを、真中さんはちらと見た。この際《さい》、羊羹なんてどうでもいい。いや、羊羹は食べたいけど、真中さんと残されるのは勘弁《かんべん》してほしい。

「ねえ」

「は、はいっ」

思わず背筋《せすじ》をのばすと、真中さんはクッと笑った。

「ま、よろしく。あんたに世話になることなんて、まずないと思うけど」

よろしくなんてしたくないし、関わりたくもないけど、そんなことをいえる状況《じょうきょう》でもなければ勇気もない。ぼくは、できるだけ小さな声で「うん」とうなずいた。

「日色ってマイペースだよね」

「そうかな」

「うん。ぜんぜん無理しないし。人からよく見られたいとか思ったことないでしょ。それって空気読まないってことだよね」

ちょっとムッとした。ぼくはぼくでそれなりに気もつかってるんだ。

「真中さんにいわれたくないよ！」

思わずいいかえすと、真中さんはちょっとおどろいた顔をした。

「ご、ごめん」

ぼくはぱっとうつむいた。

「なんであやまるの？」

「なんでって……」

「なんで？」

真中さんの切れ長の目がどんぐりみたいにくりっと大きくゆれた。

「だって、ぼくより真中さんのほうが空気読めないみたいにいっちゃったから」

ぼくがいうと、真中さんはすっと目を細めた。

「あたしは空気読めないっていったんじゃなくて、読まないっていったんだよ」

意味がわからない。

「なんか、ちがうの？」

「ぜんぜんちがうでしょ！」

真中さんはそのあとなにかいおうとしたけど、部屋の中からしゃらしゃらと珠《たま》のれんがゆれる音が聞こえたせいか、ことばをのみこんだ。

「おまたせ」

麻子《あさこ》さんがおぼんに羊羹《ようかん》と麦茶をのせてやってきた。

「わー、おいしそう」

真中さんははしゃいだような、ちょっと子どもっぽい声を出すと、羊羹ののった皿を手にとって、楊枝《ようじ》をさした。

「凛《りん》のお父さんが午前中に届《とど》けてくれたんだよ」

麻子《あさこ》さんがいうと、真中さんの手が一瞬《いっしゅん》止まった。

「お父さん、仕事休みだったの？」

「営業先《えいぎょうさき》の会社に寄《よ》るついでだって」

「そうなんだ」

真中さんは羊羹《ようかん》をじっと見つめて小さく息をついた。

そういえば真中さんはなんで麻子さんちに来たんだろう。きっと事情《じじょう》があるんだろうけど……。うん、そういうことには首をつっこまないほうがいいんだ。面倒《めんどう》なことに巻《ま》きこまれるのがオチだから。

「ほら、拓《たく》ちゃんも」

「いただきます」

「粟津屋《あわづや》の羊羹、凛は好きだもんね」

真中さんはなにも答えなかった。

なんだかさっきにもまして居心地《いごこち》がわるい。

早く食べて今日は帰ろう。「いただきます」とつぶやくようにいって羊羹を口に入れた。砂糖《さとう》のざらっとした表面をかじると、内側からしっとりとしたやわらかい食感がこぼれてきて、口の中に香《こう》ばしい甘《あま》さがふわっと広がる。

「おいしい！」

麻子さんが満足げにうなずく横で、真中さんは羊羹をだまって口に運んで、最後は薬でも飲むみたいに麦茶で流しこんだ。

「おばあちゃん、夕ごはんの買い物、あたし行ってくる」

お皿を縁側《えんがわ》に置いて、真中さんはサンダルからスニーカーに履《は》きかえた。

「おばあちゃんもいっしょに行くよ。店わからないでしょ」

「だいじょうぶだいじょうぶ、案内してもらうから。ねっ」

羊羹を味わっていたぼくは、ごほっとむせた。

「ぼく？」

「そう。高級羊羹のお礼にさ。いいよね」

いやだとはいわせないすごみのきいた頼みかた。いまさっき「あんたに世話になることなんて、まずない」っていってたくせに、もう世話になろうとしてるじゃないか。

「わるいね、拓《たく》ちゃん。迷惑《めいわく》だったらいってちょうだいよ」

麻子《あさこ》さんにいわれると弱い。ぼくは満面の笑みを浮《う》かべてついいってしまった。

「いいよ、どうせヒマだし」

「ほらね」

真中さんがいうな！

心の中でそうつっこみながら、ぼくはへへっと笑った。


真中さんは歩くのが速い。道もわからないくせにずんずん進んでいくから、分かれ道がくるたびにぼくは小走りで追いかけて「こっちだよ」とか「あっち」と声をかけた。

道案内を頼むならもう少し謙虚《けんきょ》に歩いてほしい。

「日色ってさ」

真中さんがふいに立ち止まってふりかえった。

ぼくも立ち止まった。

立ち話をするには、ぼくらの距離《きょり》は空きすぎるほど空いている。

真中さんは数歩戻《もど》って、じーっとぼくの顔を見た。

「日色って、なんにも聞かないんだね」

「へっ?」

真中さんは一瞬《いっしゅん》、すごく優《やさ》しそうに笑った、ように見えた。

それからまたずんずん歩きだした。

トラブルな毎日

真中さんが転校してきてから二週間。それまでのおだやかで平穏《へいおん》だったぼくの毎日はとんでもなくデンジャラスな日々《ひび》に変わった。

昨日は、帰りの会のときに「チャボ小屋がきたない」って真中さんがいいだして、なぜかぼくは手伝わされるハメになって、小屋の中でチャボたちの攻撃《こうげき》にあった。で、おといは真中さんと仙道《せんどう》さんがなんかでいい合いになって、興奮《こうふん》した仙道さんがふりまわしたリコーダーがぼくのおでこを直撃《ちょくげき》しそうになった。そのまた前の日は、一年生が裏庭《うらにわ》の池に通学帽《つうがくぼう》を落としたって泣いているところに運わるく出くわして、それを拾わされたぼくは池にはまって、おろしたての新しい上履《うわば》きがドロドロになった。

どれも真中さんがいいだしたり、引き起こしたトラブルに巻《ま》きこまれての災難《さいなん》だ。

席が前うしろで同じ班《はん》になったから、給食当番も掃除《そうじ》当番もいっしょだし、図工や理科の授業《じゅぎょう》でグループごとに活動するときもいっしょ。だからどうしたって、真中さんと同じ行動をしていることは多いけど、それにしても巻きこまれすぎだ。

同じ班には本馬君も木部《きべ》君も鈴木《すずき》さんも小池《こいけ》さんもいるけど、被害《ひがい》にあっているのは、おもにぼく。ちなみに同じ班には仙道さんもいるけど、仙道さんは真中さんとトラブルを起こすことのほうが多い……。

「日色、おい日色」

机《つくえ》につっぷしているぼくを、本馬君が思いっきりゆすった。

ああ、もう頼むからぼくにかまわないで。

「真中さん、また仙道たちとトラブってるよ」

……だったらなおさらだ。

「日色ー」

ギュッと目をつぶる。

精神的《せいしんてき》に疲《つか》れているせいか、本当にだるい。それにちょっと気持ちがわるい。

本馬君を無視《むし》して、寝《ね》たふりを続けていると、今度はバシバシ背中《せなか》をたたいてきた。

うっ……。

「い、痛《いた》いよぉ」

しかたなく顔をあげると、本馬君はきらきらした目でぼくを見た。

「廊下《ろうか》でもめてる」

「ふーん」

「ふーんって、なんだよ」

「だってぼくには関係ないもん」

「あるだろ!?」

当然のようにいう本馬君にぼくはおどろいた。

「ないよ！」

「つっめてーな」

「冷たいってなんで」

すると本馬君はにやりとした。

「だって、おまえら仲いいじゃん」

「はっ？」

ぼくの頭ん中は真っ白になった。

どこをどうしたら、仲がいいなんてことになるんだ！

「毎日ふたりで学校来てんだろ」

本馬君がぐいと顔を寄《よ》せてきた。

「そ、それは家が近くて」

「えー、家なんか近くたって女子とは来ないっしょ。オレだって西園んちとなりだけどいっしょに来たことなんてないし」

「だ、だ、だって」

大きく息を吸《す》って肩《かた》を落とした。

だからいやだったんだ。

たしかに真中さんが転校してきた次の日から、ぼくは真中さんといっしょに登校してる。ぼくだって女子とふたりで登校するのはぜったいマズイと思った。へんなうわさするやつがいるんじゃないかって。とくに本馬君だけど……。それでも、「拓《たく》ちゃんがいっしょに行ってくれたら安心なんだけどね」、なんて麻子《あさこ》さんにいわれて、断《ことわ》れなかった。

まさか二週間も続くなんて思ってなかったし。

女子の集団がきゃはきゃはいいながら学校にむかっている姿《すがた》を見て、最初は真中さんにも女子の友だちができれば、自然とぼくは解放《かいほう》されると思ってた。そもそもぼくなんておもしろくもなんともないんだから、ほうっておいても真中さんのほうから、ぼくとは登校したがらなくなるだろうって。

もう少しの辛抱《しんぼう》だって、ぼくはぼくをはげましていた。

甘《あま》かった。

真中さんに女子の友だちができるなんて考えていたぼくは、あさはかだった。それは転校直後から数日間見ただけでわかることだったんだ。

真中さんはまじめ、というより融通《ゆうずう》がきかない。

授業中《じゅぎょうちゅう》に「まわして」って、こっそりまわってきた手紙はぜったいに次の人にはまわさず、休み時間に入ったときに、手紙を書いた本人に「こういうの授業中にまわさないで」ってつきかえしちゃうし、ドッジボールをすれば、男子も女子もかまわずに強烈《きょうれつ》なボールを投げて、おとといの体育では女子を三人泣かせた。そのことでほかの女子が文句《もんく》をいうと、「ばっかじゃないの」と一笑した。宿題をうつさせてもらっているやつがいると、「自分でやんな。見せたほうも同罪《どうざい》だよ」とかいうし……。

思いだすだけでも胃《い》が痛《いた》くなる。

真中さんのいっていることはまちがってない。でも、正直うざい。

まちがったことなんてそこらじゅうに転がっていて、そういう中でぼくらはがまんしたり、見て見ぬふりをしたりして、なんとか毎日をクリアしている。なのに、真中さんはいちいちつっかかってしまうんだ。

本人は気にしてないみたいだけど、いまや完全に女子のあいだでは浮《う》いた存在《そんざい》になっている。真中さんが女子と楽しく登校する姿《すがた》なんて、ぜったいに想像《そうぞう》できない。

この二週間、毎朝起きるたびに祈《いの》るのは、「真中さんがおとなしくしていますように」だ。

なんでぼくは家族でもない人のことを祈っているんだろう、と思いつつ、心の中で手を合わせてる。けど残念なことに神様はいそがしいらしくって、願いが聞き届《とど》けられた日は、まだ一度もない。

うなだれるぼくを、本馬君はぐいぐい引っぱった。

「ほら、いいから早く早く」

廊下《ろうか》に出ると、また真中さんは仙道《せんどう》さんと西園さんと久田《ひさだ》さんの三人とにらみ合っていた。その真ん中で藤谷《ふじたに》さんが、やぶれたノートを手にうつむいて立っている。

藤谷さんは、休み時間はいつもひとりでノートに絵を描《か》いているおとなしい女の子だ。背《せ》が低くて、すごくやせていて、いつも黒か茶か灰色《はいいろ》の地味な服を着ている。

「いいの……、あたし気にしてないから」

藤谷《ふじたに》さんが消えそうな声で真中さんにぽそぽそいう。

「ほら、本人がいいっていってんじゃん！　おおげさなんだよ」

久田《ひさだ》さんがアゴをあげて真中さんをにらみつけると、藤谷さんは自分の上履《うわば》きの先をじっと見つめて、完全に固まってしまった。

そんな藤谷さんを見て、真中さんはぱっときびすを返した。ずんずん教室に入っていくと久田さんの机《つくえ》へ行って、置いてあるノートをつかんだ。

「それあたしの！」

あとを追って教室に入ってきた久田さんが叫《さけ》ぶ。

びりっ！

「あっ！」

「きゃ」

「ひどっ」

三人が同時に声をあげ、ぼくも思わず息をのんだ。

「ひどくないよ」

表情《ひょうじょう》を変えずに、真中さんは落ち着いた声でいった。

「ノートやぶっただけじゃん。おおげさ、なんでしょ」

真中さんのことばに久田さんの顔はみるみる赤くなった。

「あ、あたしは、わざとやぶったわけじゃない」

久田さんがいうと、仙道《せんどう》さんがうなずいた。

「そうだよ。わざとじゃないもん。あたしたちは藤谷さんに、描《か》いてる絵を見せてってっていったのにさ、藤谷さんが見せてくれなかったんだもん。藤谷さんがケチケチしないで、いいよって見せてくれてたらこんなふうにならなかったんだし」

仙道さんは、ねっ、と首をかしげてみせた。

えっ？

——そうだったんだ。

——藤谷ってせこいんだよ。

——ノートくらい見せればいいのにね。

——真中さんやりすぎじゃない？

教室のそこここから聞こえるささやき声に、ぼくは息苦しくなった。

これじゃあ、まるで藤谷《ふじたに》さんがわるいみたいじゃないか。

なんかおかしい。仙道《せんどう》さんのいってることって、すごくへんだ。

そのとき、すーっと真中さんの腕《うで》が上がって、その人差し指が仙道さんをとらえた。

「あんたがいまいったことって、あたしがしたことよりずっとひどいんだよ」

どくん
ぼくは、真中さんを見た。

「自分がしたいことはなんでもできると思ってるの？　あんたなにさま？　っていうかバカなの？　いやがってるのをむりやり、力ずくで奪《うば》いとろうとしたらやぶけちゃったって、それ学校の外でやったら犯罪《はんざい》だよ。ていうか、学校でもそれ犯罪」

真中さん……、かっこいいかも。

机《つくえ》にたたきつけた久田《ひさだ》さんのノートを真中さんはつかんで、久田さんにむけた。

「ノートやぶいたのはわるかった。ごめん。だから久田さんも仙道さんたちも、あの子にあやまって」

久田さんは唇《くちびる》をかんだまま動かない。となりで仙道さんがわずかに頬《ほお》をふくらませた。

「でもさぁ、あたしたちはわるくないよね。やぶったのは久《ひさ》ちゃんだもん」

久田さんがおどろいたように仙道《せんどう》さんを見た。

「そ、そうだよね、久ちゃんはあやまっちゃったほうがいいかも」

そういいながら西園さんは仙道さんのほうにからだを寄せた。

久田さんが赤い目で、西園さんをにらむ。

教室の窓《まど》からなまぬるい風がなめるように流れてくる。

なんだよ、これ。

ぼくは口を小さくひらいて息を吸《す》った。

息が、苦しい。

「ご、」

久田さんは視線《しせん》をさげて、唇《くちびる》をかんだ。

「ごめん」

しぼりだしたようなかすれる声が聞こえた。

「ううん」

藤谷《ふじたに》さんが、ぶんぶんかぶりをふる。

「ごめん」

もう一度いった久田さんに、

「あの、もういいから、本当に」

と、藤谷さんがいうと、仙道さんはにこりとほほえんで久田さんの手をにぎった。

「久ちゃん、よかったね！」

なに、この展開《てんかい》。へんだ、こんなのすごくへんで……。

「気持ち、わるい」

「日色？」

おどろいたように真中さんがぼくを見て、ふっと表情《ひょうじょう》をやわらげた。

「だよね、気持ちわるい。気持ちわるいよ」

真中さんの声が、鼓膜《こまく》をふるわせる。ぼくにかぶさってくる。

ああ、やばいっ、本当に気持ちわるい……。

目の前が白くなる。

ちかちかちかちかちかちかちかちか

ずどっ

「えっ、日色？　日色！」

真中さんがぼくを呼《よ》んでる声が、聞こえた。


すずしくて気持ちがいい。

「だいじょうぶ？」

そっと目をひらくと白い天井《てんじょう》が見えた。

ぼくはいったいどうしちゃったんだ？

「よかった、具合どう？」

保健《ほけん》の美浦《みうら》先生がおでこに手をあてた。

もぞっとからだを起こそうとすると、「急に起きちゃダメよ」って、そっとぼくの肩《かた》を押《お》した。

「あの、ぼく」

「倒《たお》れたんだよ、いきなり」

そうだ、気持ちがわるくなって、目の前がちかちかして。って、この声……。

先生のうしろから、真中さんが顔を出した。

「うわっ」

「だから、そういうおどろきかたやめなってば」

「ご、ごめん」

美浦先生が体温計をぼくの脇《わき》にはさんで、まあまあと笑う。

「顔色もよくなってきたし、たぶん貧血《ひんけつ》ね」

よわっ、と真中さんの唇《くちびる》が動いた。

「夜、ちゃんと寝《ね》てる？　朝ごはんは食べてきた？」

美浦先生がぼくに聞いたことは全部やっている。だいたい貧血で倒れるなんて、はじめてだ。

「ここのところ暑いからね。ちょっと疲《つか》れがたまっていたのかもしれないわ」

疲れ……。

そうです、それです！

精神的《せいしんてき》にも肉体的にも、ぼくはこの二週間でかなりダメージをくらっている。

でもそれは暑かったからじゃない。真中さんのせいだ。

ピピ、ピピ
「三六．七度、だいじょうぶそうね」

ガラガラガラ
「センセー」

カーテンのむこうから声がした。

「はーい」

美浦《みうら》先生は立ちあがると、「もう少し横になってたほうがいいからね」ってぼくにいって、カーテンをひらいた。

――どうした？　うわー派手《はで》に転んだね、なにやってたの。

――サッカー。スライディングした。

――しょうがないなぁ、消毒するからそこ座《すわ》って。

むこうから聞こえる声に気をとられていると、おでこをペチンとたたかれた。

「いたっ」

「痛《いた》くないよ、このくらい」

真中さんの瞳《ひとみ》がすっと細くなる。

ちょっとこわいんですけど……。

「ぼく、もうだいじょうぶだから」

「みたいだね」

わかってるなら教室に戻《もど》っていればいいのに、と思いながらことばにできずにいると、真中さんが丸いパイプ椅子《いす》にとんと腰《こし》をおろした。

「さっき、日色いったよね」

「えっ？」

「気持ちわるいって」

「いった、かな」

「いった。聞こえた、ハッキリ」

そういえばいったような気もするけど。

真中さんは一度小さく息を吸《す》った。

「あれって、どっちの意味だったの？　日色ってば、あのあと倒《たお》れちゃったからさ。みんな、具合わるくて気持ちわるいっていったと思ってるけど……」

——いってー！

——がまん。

「うるさいな」

真中さんはカーテン越《ご》しにむこうをにらんでチッと舌打《したう》ちした。

「しーっ、声大きいよっ」

ぼくが小声で制《せい》すると、真中さんは肩《かた》をひょいとあげた。

「日色は、仙道《せんどう》さんのいったことが気持ちわるかったんじゃないの」

「……」

よく、覚えてない。っていうか、自分でもわからない。ただ、仙道さんがいったことばも、まわりの空気も、すごくいやだった。気持ちがわるいと思った。だけど、ぼくはそんなことを口に出していったりなんてしないはずだ。

もめごとに巻《ま》きこまれるのは、いやだから。

ぼくが答えられないでいると、真中さんはすっと立ちあがった。

「けっこうあたし、うれしかった。日色があいってくれて」

「……」

「さきに教室戻《もど》ってる」

そういってカーテンをめくった。

色あせた空色のカーテンからこぼれる太陽の光が真中さんを包む。

一瞬《いっしゅん》、真中さんが光にとけてしまいそうに見えた。

「真中さん！」

「なに？」

真中さんがふりかえる。

「えっと、あ、もうちょっとしたら教室戻《もど》るね」

「あたりまえ。いつまでもさぼってんじゃないよ」

カーテンがはらりとふくらみ、ゆれた。

ぼくはぱたんとベッドに横になり、タオルケットを口もとまで引っぱった。

真中さんの事情《じじょう》

「たーくちゃん」

お母さんから頼まれた十二ロール入りトイレットペーパーを持って商店街を歩いていると、麻子《あさこ》さんに声をかけられた。

麻子さんは紫色《むらさき》のきんちゃく型の大きなカバンを重たそうに右腕《みぎうで》にさげている。

「麻子さん」

「久《ひさ》しぶりだねぇ、元気にしてた？」

真中さんが来てから、ぼくはなんとなく麻子さんのところに行きづらくなって、二週間くらいあそびに行っていない。

麻子さんはよいしょと、腕にかけたカバンをずりあげて「いっしょに帰ろう」と、ぼくの横に並《なら》んだ。

「ぼく持つよ」

「いいよ、重たいから」

「だから持つんだよ」

ぼくがムッとした声を出すと、麻子さんはちょっとおどろいた顔をして、それからうれしそうに目尻《めじり》をさげた。

「なら、お願いしようかな」

「うん」

麻子さんの腕からカバンを持ちあげると、ずんと重かった。麻子さんの腕にヒモのあとが赤くくっきり残っている。

「けっこう重いね」

ははっと笑ってみせると、麻子さんも笑った。

「散歩がてらお豆腐《とうふ》を買いに来たんだけどね、そこの店でタイムセールをやってて、ついね。ちょっと欲張《よくば》りすぎちゃった」

そういって、麻子さんはちょんと肩《かた》をあげて、ぼくの反対側の手から、トイレットペーパーをつかんだ。

「これくらいは持たせてちょうだい」

「じゃあ、うん」

チリンチリンと、自転車がうしろからぼくと麻子さんをぬかしていった。

右手に持ったカバンを左手に持ちかえる。

「豆腐《とうふ》を買いに行くのにこのカバン、大きすぎだよ」

ぼくが笑うと、麻子《あさこ》さんはきょとんとした顔をして、「ああ」とうなずいた。

「それは風呂敷《ふろしき》だよ」

「風呂敷って、ハンカチを大きくしたみたいなあれ？」

「そうそう。風呂敷はなんでも包めるから便利だよ。端《はし》を結べばそんなふうにカバンにもなるしね」

「へー」

ぼくは手にしているカバンをまじまじとながめた。

「どうしたの？」

「あ、ううん、麻子さんってなんでも知ってるんだなって思って」

「それくらいのことは、あたしたちくらいの年の人ならみんな知っていることだよ」

麻子さんはまんざらでもない顔で目尻《めじり》のしわを深くした。

「それより拓《たく》ちゃん、最近うちに来ないね」

「へっ、あ、うん……」

「凛《りん》に気をつかっているの？」

「そうじゃなくて、べつに真中さんに気をつかっているとか、イヤだとか、そういうんじゃなくてね」

ぼくがあわてていうと、麻子さんはうんうんとうなずきながら、すれちがっていく一、二年生くらいの姉弟《きょうだい》を一瞬《いっしゅん》目で追って、それからぼくに顔をむけた。

「明日はなにか予定ある？　日曜は凛もいないからヒマでね。久《ひさ》しぶりにどうだい？」

麻子さんは右手で駒《こま》を持つマネをする。

「真中さん、出かけるの？」

麻子さんはだまって数回うなずいた。

どこに行くの？　と聞いてみたかったけれど、聞かなかった。なんだかいないことを確《かく》認《にん》しているみたいに思われたらイヤだし。それに、麻子さんの目が、ちょっとさみしい色をしていたから。

ぼくと麻子さんは家にむかいながら、トイレットペーパーはシングル派かダブル派かっていう話から、昨日スポーツニュースでやってたサッカーの試合のことや、消費税《しょうひぜい》が上がるかもしれないのに年金もおこづかいも増《ふ》えないっていうグチとか、真中さんとは関係のない話をした。

麻子《あさこ》さんの家の前まで来ると、「助かったよ。ありがとうね」って、麻子さんは風呂敷《ふろしき》カバンに手をのばした。

ぼくはううんっていって、トイレットペーパーと交換《こうかん》した。

「じゃあ明日行くね」

「待ってるよ」

麻子さんがカラカラと門をあけると、家の中から「おそかったねー」っていう真中さんの声が聞こえた。


翌日《よくじつ》の日曜日は、朝から雨だった。

イチゴジャムをぬったトーストとコップ一杯《いっぱい》の牛乳《ぎゅうにゅう》で朝ごはんをすませて歯みがきをしていると、お母さんが起きてきた。

「どうしたの？　まだ八時半だよ」

休みの日の朝、お母さんがこんなに早く起きてくるのはめずらしい。

「目が覚めちゃったのよ」

お母さんはそういうと、カーテンをめくって外を見た。

「すごい雨ね」

「台風来てるって」

「そう。お休みの日でよかったわ。これじゃあ電車も止まっちゃうんじゃないかしら」

お母さんはソファーに座《すわ》ってテレビのリモコンを押《お》した。

「あ、ほら新都駅《しんとえき》すごいことになってる」

歯ブラシをくわえたままぼくはテレビを見た。駅前広場が池みたいになっていて、そこでマイクを持って雨合羽《あまがっぱ》を着たお兄さんが、風にあおられてずぶぬれになりながら台風の状況《じょうきょう》を必死に伝えている。うしろに映《うつ》っている改札口のまわりには、駅員さんと数人の人が立っている。

「やっぱり人も少ないわね。こんな日は家でのんびりするに限《かぎ》るわ。もう一回寝《ね》よ」

お母さんはテレビを消して立ちあがると、ふっとぼくを見た。

「拓《たく》、どこか行くの？」

「あしゃこしゃんち」

ぽたっ、と床《ゆか》に歯みがき粉がたれる。

「やだ、先に口をゆすいでらっしゃい」

ぼくが洗面所《せんめんじょ》から戻《もど》ってくると、お母さんはコーヒーの粉をコーヒーフィルターに入れていた。

「あれ、寝《ね》るんじゃないの？」

「まあいいわよ。ちょっとそこに座《すわ》りなさい」

お母さんが「そこに座りなさい」っていうときは、だいたいおもしろい話じゃない。しかたなく食卓《しょくたく》の椅子《いす》に座ると、お母さんはぼくの正面に座った。

「なに？　これから麻子《あさこ》さんちに行くんだけど」

「この雨の中？」

「となりだもん」

「まあ、それはそうね」

ごぽごぽごぽ、とコーヒーメーカーが音を立てる。

「拓《たく》も飲む？」

「うん。牛乳《ぎゅうにゅう》と砂糖《さとう》多めで」

「はいはい」

お母さんはくすりと笑ってマグカップを出した。

よかった、たいした話じゃなさそうだ。でもなんだろう。お母さんにあーだこーだいわれるようなことはしていないつもりだけど……。

「はい。牛乳と砂糖多めね」

ことり、と食卓の上にアーモンド色のコーヒーがのった。お母さんはブラックコーヒーだ。

「ねえ、麻子さんのお孫さんの」

「真中さん？」

「そうそう、真中、えっと」

「凜《りん》」

「真中凜ちゃんだったね。その凜ちゃんだけど、どんな感じ？」

「どんなって？」

「学校でうまくやってるのかなと思って」

「べつにふつう」

「ふつうってなによ」

マグカップに口をつけると、ふわっとコーヒーの香《こう》ばしいにおいがして、口の中が甘《あま》くなった。

「ふつうはふつうだよ。なんで？」

お母さんは、うーんっていいながら食卓《しょくたく》にひじをついて、右手を頬《ほお》にあてた。

「このあいだね、仙道《せんどう》さんのお母さんと仕事の帰りに駅前で会ったのよ。それでちょっと立ち話をしたんだけど、凛《りん》ちゃんのことあんまりよくいってなかったから」

コーヒーカップの口を指でなでながらお母さんはぼくを見た。

「拓《たく》のうしろの席なんでしょ？　仙道さんがね、拓もいろいろ迷惑《めいわく》しているんじゃないかって」

「そんなことないよ！」

……へっ？

自分の口から出たことばだけど、そういったぼくにぼくはおどろいた。

たしかに迷惑してる。真中さんの名前を聞くだけで不吉な予感はするし、真中さんが引き起こしていくトラブルに巻《ま》きこまれるのは、勘弁《かんべん》してほしいって思ってる。現《げん》に、真中さんが転校してきてから、ぼくはめちゃくちゃ被害《ひがい》を受けてるし。

だけど、だけど……。

「そんなに大きな声を出さなくてもいいじゃない」

「だって」

「いいのよ、お母さんは。ただ仙道さんから聞いてちょっと気になったから、一応《いちおう》聞いておきたいなって思っただけ。いろいろ大変だっただろうしね、凛ちゃんも。麻子《あさこ》さんのためにも凛ちゃんが来てよかったのかもね」

お母さんはコーヒーカップに口をつけた。

いろいろ大変って、なにが？　なんで麻子さんのためにもよかったの？

ぼくが口をひらきかけたとき、お母さんがふっと笑った。

「そうよね。凛ちゃんのことを迷惑に思ってたら、この雨の中をわざわざ休みの日にまで行ったりしないか」

「それはっ」

「ん？」

「今日は、麻子さんと約束してるだけだよ。べつに真中さんとは関係ないし」

って、そういえばこの雨じゃ、真中さんも出かけるのをやめてるだろうな……。

「あっそ」

お母さんはそういってにやにやしながら立ちあがった。

「さー、もうひと眠《ねむ》りしよーっと。カギ、かけていってよ」

「ほ、本当に麻子《あさこ》さんと約束してるだけだからねー」

「はいはい、おやすみ」って手をひらひらさせた。

お母さん、信じてないなっ。

でも、なんでだろう。さっき真中さんをわるくいわれたとき、ぼくはすごく腹《はら》が立った。

いやだった。いつも思いっきり迷惑《めいわく》かけられているし、なるべく関わらないでいようと思ってるのに、人からそんなふうにいわれるのは……。


——日曜は凛《りん》もいないからヒマでね。

麻子さんは、ぼくが真中さんを避《さ》けているのに気づいてる。

バシャバシャバシャバシャ
たった二〇秒くらいの距離《きょり》なのに、横なぐりの雨のせいで、麻子さんちに着いたときはずぶぬれだった。

「あれあれ」

麻子さんは奥《おく》からタオルを持ってきて、ぼくの頭をごしごしした。

「すぐ乾《かわ》かしてあげるから、服ぬいじゃいなさい」

「でも」

と、廊下《ろうか》の先に視線《しせん》を動かすと、麻子さんは苦笑した。

「だれも見やしないよ。凛なら、出かけているから」

「出かけたの!?　こんな天気なのに？」

「そういったんだけどね。あの子は一度決めたことは曲げないから」

それは、わかる気がする。

麻子さんは「ぬいじゃいなさい」っていって、むこうの部屋からおじいさんが着ていたという紺地《こんじ》の浴衣《ゆかた》を持ってきた。

「ちょっとのあいだ、これ羽織《はお》っておいたらいいわ」

糊《のり》のきいた浴衣《ゆかた》はあまり好きじゃないけれど、袖《そで》を通すとホッとした。

麻子《あさこ》さんは服をタオルではさんで水気をとると、ハンガーにかけて広縁《ひろえん》にさげた。

すぐに乾《かわ》くっていうからてっきり乾燥機《かんそうき》にかけるんだとばかり思っていたからびっくりした。けどそうだ、麻子さんちに乾燥機はないか。

そんなことを考えていると、麻子さんが将棋盤《しょうぎばん》を持ってきた。

「本当に久《ひさ》しぶりだねえ」

麻子さんは駒《こま》の入った箱をひらくと、盤面《ばんめん》にかぶせるように、しゃらりと駒を広げた。

ぼくも麻子さんの正面に座《すわ》って自陣《じじん》に駒を並《なら》べた。

自陣っていうのは、手前から三段《だん》までをいう。一列目の真ん中に置くのは王《おう》（玉《ぎょく》）将《しょう》、その両脇《りょうわき》に金将《きんしょう》、銀将《ぎんしょう》、桂馬《けいま》、香車《きょうしゃ》の順に左右に並べ、次の段に角行《かくぎょう》と飛車《ひしゃ》をそれぞれ桂馬の前に配置する。で、三列目にずらっと歩兵《ふひょう》を置く。

将棋の駒はそれぞれ動きかたが決まっていて、その決まりごとの中で、自分の王将を守りながら、先に相手の玉将をとったほうが勝ちっていうゲームだ。

将棋を指していると、駒のひとつひとつが人間みたいに思えることがよくある。なんたって一番かっこいいのは飛車だ。飛車は、勉強もできて、サッカーもバスケもうまくて、足も速くて、かっこいいオールマイティーな人って感じ。で、角行は物事をななめからしか見れなくて、ちょっとやっかいだけど、勢《いきお》いのある暴《あば》れん坊《ぼう》タイプ。王将や玉将は、自分が一番えらいって思ってるわがままな人なのに、なぜかまわりからも大事にされているだけのオーラを持った人で、そのまわりをいつもうろうろしてる人は金将かな。ちなみにぼくは飛車にあこがれるけど、やっぱり、飛車にはなれない。地味に一歩ずつ前に進む歩兵なんだと思う。

盤面に並べた駒をひとつひとつ目で追っていく。

一番端《はし》っこで背筋《せすじ》をのばしている駒の上で視線《しせん》が止まった。

あっ！

「真中さんだ」

「凛《りん》がどうかした？」

麻子さんが、んっと首をかしげた。

ぼくはぶんぶん頭をふって、大きくうなずいた。

「ずっとなにかに似《に》てるって思ってたんだ、これだよ」

香車を指でつまんでぐいと麻子さんにむける。

「香車《きょうしゃ》？」

「だから真中さん！」

まっすぐ前にしか進めない、一本気な駒《こま》。

真中さんは香車だ。

麻子《あさこ》さんはぼくのつまんだ駒をじっと見て、息をついた。

あれ、もしかして香車に似《に》ているなんて、失礼なことだったのかな？

「ぼく、へんなこといったかな」

「いや、そうじゃないよ」

麻子さんは小さく笑って、盤面《ばんめん》に並《なら》んでいる香車に指をあてた。

「凛《りん》は、不器用な子だからね」

「……」

「苦しいと思うんだよ」

「苦しい？」

そう。と、麻子さんは顔をあげた。

「学校でもあまりうまくやれていないんでしょ」

「……だけど、真中さんはいつもまちがってなくて」

「そうだね。きっとそうだろう。でも人間ってまちがいながら生きていくもんなんだよね。まちがっているってわかっていても、それを認《みと》めることができないときだってあるし」

ぼくは、人がまちがっていることをしていても、いつも気づかないふりをする。目をつぶって近づかない。人ともめるのがイヤだから。それに、まちがったことをして困《こま》るのは、ぼくじゃない。ぼくには関係ない。そんなふうにも思ってた。だから、人ともめることもなかった。

「あの子ね、いま弟のところに行っているんだよ」

「真中さん弟がいるの?」

「四つ下の二年生。いま、西の町で父親と暮《く》らしていてね」

「となりの駅じゃん!」

ていうか、それなのになんで真中さんだけ麻子さんちにいるんだ?

いまさらだけど、ぼくは真中さんのことをなにも知らない。

二週間以上も毎日いっしょに登校して、教室でも前うしろで並んで、気がついたら一日の大半をそばで過ごしているのに。

「知らなかった」

「凛《りん》がいわなかったんでしょ？」

「ぼくも聞かなかった」

麻子《あさこ》さんは静かにうなずいた。

「それだから、凛は拓《たく》ちゃんといると居心地《いごこち》いいのかもしれないね」

麻子さんは立ちあがると広縁《ひろえん》に行ってレースのカーテンをひらいた。雨粒《あまつぶ》がシャワーみたいに窓《まど》にあたっている。庭の朝顔が支柱《しちゅう》ごと倒《たお》れて、地面は水たまりというより小さな池のようになっている。

「春にね」

麻子さんの声は雨音でよく聞こえない。そばに行くと、麻子さんは外を見たまま籐《とう》の椅《い》子《す》に腰《こし》をおろした。

「三月の末に、娘《むすめ》が、凛の母親が亡《な》くなったんだよ」

「えっ」

ぜんぜん知らなかった。三月末っていえば、春休みだ。ぼくは春休みでも夏休みでも、冬休みでも、長いお休みのときは名古屋《なごや》のおばあちゃんちに行く。今年の春休みも、休みになった日からぼくはおばあちゃんちに行ってたから……。


——いろいろ大変だっただろうしね、凛ちゃんも。

　麻子さんのためにも凛ちゃんが来てよかったのかもね。


そうか、お母さんは知ってたんだ。

お母さんがさっきいっていたことが、ぴたっとつながった。

麻子さんはすっと息を吸《す》った。

「今年のはじめにね、凛の母親は西の町の医療《いりょう》センターに転院してきたの。そのときに凛たち家族もみんなでこっちに越《こ》してきたんだよ」

「いまも西の町にいるんだよね。じゃあどうして真中さんだけ麻子さんちに」

思わずそういって、唇《くちびる》をかんだ。

こんなこと、これまでのぼくならぜったいにいわないはずだ。だって、面倒《めんどう》なことに関わりたくないから。

「凛が話すまで、あたしからはなにもいうつもりはなかったんだよ。でも、おととい担任《たんにん》

の先生から電話をもらって……。凛《りん》、学校でうまくやれていないいんでしょ？」

麻子《あさこ》さんが、ぼくを見た。

「拓《たく》ちゃんには、知っておいてもらったほうがいいかもしれないね」

ぼくののどが、ごきゅっと音を立てた。

「凛がここで暮《く》らしたいっていってきたのは、弟の翠《すい》を守るためだったんだよ」

雨音がまた強くなった。

ちゃぽん
ぬるめのお湯に口もとまでつかって、ぶくぶくとお湯を息ではじいた。今日、麻子さんから聞いた話が頭からはなれない。

真中さんの弟の翠君は、西の町の学校でいじめにあった。

原因《げんいん》は、真中さん。

真中さんは学校で、いろいろな人とトラブルを起こしたらしい。真中さんはいつもまちがったことはいっていないんだけど、それをおもしろくないと思う人はいっぱいいた。

いまと同じだ。

それが翠《すい》君に飛び火した。真中さんは自分でしていることだから、それなりの覚悟《かくご》もあるし、そもそも真中さんは強い。だけど翠君はちがった。

いじめは、真中さんが翠君のクラスの男の子たちを注意したことがきっかけだったらしい。なんでも、校庭の隅《すみ》にあるアヒル小屋にむかって石を投げ入れている子たちを、真中さんが注意したんだって。それがたまたま翠君のクラスの男子で。

そのあとから、翠君へのいやがらせが始まった。

消しゴムを隠《かく》されたり、「おはよう」をいっても無視《むし》されたり、あそぶ約束をしていたのにすっぽかされたり……。

翠君は学校へ行っても保健室《ほけんしつ》で寝《ね》ていることが多くなって、そのうち学校へ行けなくなってしまったんだと麻子《あさこ》さんはいった。

いじめられていることを知った真中さんは、翠君のクラスへのりこんだ。それで担任《たんにん》の先生の知るところになって、翠君へのいやがらせはなくなった。

でも真中さんは、自分がいじめのきっかけをつくってしまったことがショックだった。まちがったことを見て見ぬふりはできない。自分を曲げることはできない。けど、弟を巻《ま》きこみたくない。

それで真中さんは、お父さんや翠君とはなれてここで暮《く》らしたいっていって、いいにきたんだと麻子さんはいった。

お父さんはもちろんそんなことはできないって反対をしたんだけど、真中さんの決心はかたかった。麻子さんは、もし自分がいっしょに暮らすことを断《ことわ》ったら、真中さんはどこかへ行ってしまうんじゃないかって思ったんだって。

「いまはあの子の思うとおりにさせてあげましょう」

麻子さんはそういって、真中さんのお父さんを説得したんだといっていた。それでも二年生になったばかりの翠君には、真中さんの気持ちより、はなれて暮らすっていう事実のほうが大きくて、引越《ひっこ》しの日まで「やだやだ」って泣いて。それで真中さんは翠君に、「日曜日は帰ってくるから」って約束をしたんだって。

麻子さんは、ぼくにそう話してくれた。

そのときふっと、はじめて麻子さんちで真中さんに会った日のことを思いだしたんだ。好物の羊羹《ようかん》をお父さんが届けてくれたって聞いたときの真中さんは、すごく苦しそうな顔をして羊羹を見つめてた。

がらっ！

「いつまで入ってるの」

お母さんがお風呂《ふろ》に顔を出した。

「いま出るよぉ」

「早くね」

給湯《きゅうとう》リモコンの時計を見ると、お風呂に入ってからもう五十分もたっていた。

こわい女子と単純《たんじゅん》な男子

「ちょっと日色、聞いてるの？」

「あ、ごめん、なに？」

「だからみゃー子のこと」

「みゃー子？」

ぼくがいうと、真中さんは立ち止まって腕《うで》を組んだ。

「さっきからあたしの話、なんにも聞いてなかったでしょ。みゃー子は昨日拾ってきたネコの名前、仮《かり》だけど」

昨日、ぼくが麻子《あさこ》さんちから帰ろうとしているとき、真中さんはネコを抱《だ》いてずぶぬれになって帰ってきた。それで飼《か》い主《ぬし》をさがすまでここに置いてあげて！　って麻子さんに頼んだんだ。

「名前、つけたんだ」

ぼくがうなずくと、真中さんはフンと鼻を鳴らして歩きはじめた。

「学校でみゃー子の里親さがしをしたいんだけど、日色にそれ頼みたいの」

「なんでぼくなの？」

「なんでって、だってあたしが里親さがししても反応《はんのう》わるいと思うんだよね」

「自覚してるんだ」

思わずぼそりというと、真中さんの体育着袋《ぶくろ》がぼくのおしりを直撃《ちょくげき》した。

「で、でもさ、麻子《あさこ》さんちでは飼《か》えないの？」

「無理」

「聞いてみたの？　麻子さんネコ好きだよ」

真中さんはギロッとぼくを見た。

「あたしは居候《いそうろう》だよ」

「でも孫でしょ」

「だからなおさら。これ以上甘《あま》えちゃだめなんだよ」

「……」

「っていうかさ、かわいい孫に頼まれたらおばあちゃんだって断《ことわ》れないでしょ。それをわかってて頼むのはずるいじゃん」

うん、とぼくがうなずくと、真中さんはまた体育着袋をぼくにぶつけた。

「いてっ」

「いまのは、つっこむところだよ」

そういいながらふわっとスカートをひるがえして、少し笑ってかけだした。

教室に入ると、真中さんはもう席に座《すわ》っていた。その前の席で、仙道《せんどう》さんたちが足をばたつかせながらゲラゲラ笑っている。

「あれ、今日は別々《べつべつ》にご登校ですかぁー。もしかして夫婦《ふうふ》げんかとか？」

朝からアホなことをいってくるのは本馬君だ。これは無視《むし》して席に着くと、仙道さんがぱっとぼくのほうをむいた。

「おはよ！」

へっ？　ぼくにいったの？　思わずまわりを確認《かくにん》したけど、たしかにぼくにいったみたいだ。

「お、はよう」

ぼくがかえすと、仙道さんは女子力をフルに使った笑顔を浮《う》かべた。まわりにいる女子たちもニコニコしている。

な、なに？

先週までは、ぼくからおはようっていっても、無視《むし》をするか、アゴをちょんとあげるくらいだったのに、なんだこのちがい。

こわい。

「あのさー」

「なに!?」

瞬時《しゅんじ》に返答したぼくに、仙道《せんどう》さんは気をよくしたみたいに話しかけてきた。ぼくはただ、身構《みがま》えてしまっただけなんだけど……。

「日色君にもいいもの、見せてあげようかなーって」

「ちょーかわいいんだよねー」

西園さんがいうと、まわりの女子も「ねー」ってべたべたした声で同調している。

こわすぎる。

「見たい？」

マジこわい。

「見たいでしょ？」

「見たい、オレも見たい！」

本馬君が女子たちのあいだからぬっと顔を出した。

「なんだよ本馬」

「えー、日色だけなんてずりーじゃん」

「うるさいなー、本馬はむこうに行ってなよ」

いつもどおりの仙道さんたちの口調に逆《ぎゃく》にホッとする。

「あの、ぼくもべつに。ちょっとトイレに」

腰《こし》を浮《う》かせると、がしっと仙道さんに腕《うで》をつかまれた。

「ほら、これ見て」

目の前につきだしてきたのは、透明《とうめい》の下敷《したじき》。あいだに茶色と白のふわふわの小さなネコの写真がはさんである。

「ピアノの発表会をがんばったご褒美《ほうび》に、パパが買ってくれたの。かわいいでしょー」

う、うん、というと、満足そうに笑って、「トイレ行ってきていいよっ」と、仙道さんはパタパタ手をふった。

仙道《せんどう》さんは、べつにぼくに親切にしたいわけでも、仲良くなろうと思っているわけでもない。ましてや好きになった、なんてことはありえない。

なら、なんなのかっていったら、たぶん真中さんへのあてつけ。ぼくを仙道さんたちの仲間にすることで、真中さんを完全に孤立《こりつ》させようとしているんじゃないかって思う。真中さんとよく話をしているのは、ぼくくらいだから。

なんか気が重い……。

手洗《てあら》い場《ば》のなまぬるい水で、意味もなく手を洗いながらふっと顔をあげる。

「わっ！」

「またー、いちいちおどろかない！」

鏡越《ご》しに映《うつ》った影《かげ》が、口をひらいた。

「だって、急にあらわれるから」

「っていうか、日色がビビリなだけ。本当にチキンだよね」

ぼくの背後《はいご》で、真中さんがむくれた。

「どうでもいいけど、みゃー子のこと忘《わす》れてないでしょうね」

「忘れてないよ」

ふりかえってあわてていったけど、正直忘《わす》れてた。だっていまは仙道さん対応《たいおう》で頭の中はいっぱいなんだ。

そんなぼくの心なんてお見通し！　って感じで、真中さんは眉毛《まゆげ》をぴくっとあげて、顔を近づけた。

「案外、いまってチャンスかもしれない」

「へっ？」

「仙道さん、いまなら日色に協力してくれるんじゃない？」

「あっ」

「使えるものはうまく使わないと。みゃー子のためなんだから」

真中さんはぺろっと舌《した》を出した。

「……それって、ずるいこととか、卑怯《ひきょう》ってことにならないの？」

ぼくがぼそりというと、真中さんはちょんと肩《かた》をあげた。

「あっちも日色を利用してるんだもん。おたがいさま。ウィンウィンってやつだよ」

そういって女子トイレの中に入っていった。

仙道さんと真中さん……、ふたりのにやっとした顔が頭の中で交互《こうご》に浮《う》かぶ。

やっぱ、女子ってこわ――――い！


平和だ。

こんなにおだやかな一日を送れるのはいつ以来だろう。

休み時間に、「子ネコの里親をさがしてるんだけど」って仙道《せんどう》さんにいってみたら、仙道さんはびっくりするくらい話にのってくれて、昼休みにはとなりのクラスまで行って話をしてくれた。

「このままじゃ保健所《ほけんじょ》に連れていかれちゃうんだって。そりゃ、保健所で飼《か》い主《ぬし》が見つかるかもしれないけど、見つからなかったら殺されちゃうんだよ」

「かわいそー」

「ひでえな」

「でしょでしょ。あたしたちで守りたいじゃん！」

ぼくは、保健所なんてことばは一度だっていってないけど、仙道さんは話をそこそこ盛《も》りながら、みんなをひきつけていく。

「ね、本馬、ネコ飼ってもいいって人、知らない？」

「ネコ？　うーんどうかな」

本馬君が首をひねると、仙道さんはふーんと唇《くちびる》をとがらせて、

「だよねー、知ってるわけないか！　だよねー」と、あおっていく。

「そんくらいの情報《じょうほう》いくらだって！」

「ならお願い」

「お、おう」

まんまと仙道さんにのせられて、本馬君もみゃー子の里親さがしに加わった。

これまでぼくは、仙道さんに対して苦手意識《いしき》しかなかったけど、リーダーになる人には、それだけの強さというか、吸引力《きゅういんりょく》みたいなものがあるんだ。

仙道さんがみゃー子の里親さがしに協力してくれているせいか、真中さんも今日はおとなしくしている。

よかった、と思った瞬間《しゅんかん》——。

「コラァ！」

真中さんの声が教室中に響《ひび》きわたった。

教室にいたみんながいっせいに声のほうに顔をむけると、真中さんは窓《まど》から校庭にむ

かって大声をあげている。

「その六年！　いますぐ場所を明けわたしなさい！　先に使ってたのは、その子たちだよ！」

窓越《まどご》しに校庭を見おろすと、嵐君《あらしくん》たちがいた。職員室《しょくいんしつ》から先生が数人出てくる。

先生たちがなにかいってるあいだ、嵐君はボールを足でゴロゴロやりながら、何度かうなずき、先生たちが職員室に入っていくとするどい目で三階を見あげた。

わっ、やばい。

嵐君は女子に暴力《ぼうりょく》をふるったことはない。けど、みんなの前でこれだけ恥《はじ》をかかされたんだから、ただですむはずがない。

「あーらら、嵐君怒《おこ》らせちゃったー」

仙道《せんどう》さんが笑いを含《ふく》んだ声でいうと、西園さんが「やばいよねー」とクスクス笑う。まわりの女子もこそこそなにかをいっている。

たしかにやばい。

ぼくは脳《のう》みそをフル回転させたけど、とてもじゃないけど、あの嵐君をなだめる方法なんて浮《う》かばない。

気がついたとき、ぼくは真中さんの腕《うで》をにぎっていた。

「なに？」

とりあえず避難《ひなん》だ。

「いいから」

「いいからって、なによ」

ヒューヒュー
だれかが茶化《ちゃか》すような声と「ほうっておきなよ」っていう仙道さんの声が聞こえた。

バン！

教室のドアが音を立てた。

ドアのむこうに顔を赤くした嵐君が、鼻を広げて立っている。

教室中に痛《いた》いような緊張《きんちょう》が走る。

真中さんはぼくの腕をふりはらうと、表情《ひょうじょう》を変えずに自分の席に座《すわ》った。

「おい！」

嵐君はバタバタと上履《うわば》きを鳴らしながら、真中さんの席まで行き、ダンッと机《つくえ》に手をついた。

「てめーふざけんなよ！」

ドスのきいた声ですごむ。

ぼくは、いや、教室にいただれもが一瞬《いっしゅん》、無意識《むいしき》に自分の気配を消した。

なのに……。

「ふざけてなんてないよ」

真中さんは、きれいに通る声でいうと、目の前に立っている嵐君《あらし》をくいと見あげた。

「先にあそんでいたのはあの子たちだった。それをあんたたちがあとから行って、サッカーを始めたんだよ。それってルール違反《いはん》でしょ」

「うっせー！」

「あんたの声のほうが大きいんだけど」

嵐君の手が、ぷるぷる震《ふる》えている。

「うっせーうっせー！」

真中さんは嵐君をじっと見たまま、視線《しせん》をそらさない。

どんなにすごんでも真中さんはひるまない。「ふざけんな」と「うっせー」の二つをくりかえすだけのさみしすぎる嵐君のボキャブラリーで、真中さんをやりこめるなんてぜったいムリ。嵐君の負けだ。

がたっと、真中さんが立ちあがった。一瞬、嵐君がうしろにひいた。

「な、なんだよ」

「あやまりに行くよ。あの子たち三年？　四年？」

「はーっ？　ざけんなよ！」

「くどいって。同じこと何度もいわせないでよ。あたしはいつもふざけてなんてないし、まちがったことをしたらあやまるのは当然なの。いい、あんたがいますべきことは、あたしに文句《もんく》をいうことじゃなくて、あやまることなの」

「うっせー」

嵐君が真中さんの机《つくえ》をバンとたたいた。その拍子《ひょうし》に、嵐君がいつもベルトにつけている四つ葉のクローバーのキーホルダーが落ちた。キーホルダーに嵐君の上履《うわば》きがあたり、床《ゆか》の上をくるくるすべる。

「あっ」

それを追いかけてぼくが手をのばしたのと、ガン！　と机か椅子《いす》を蹴《け》る音がしたのは同時だった。で、次の瞬間《しゅんかん》、

グギッ

嵐《あらし》君のかかとが、かがんだぼくの頬《ほお》にめりこんだ。

「ぐわっ！」

「なっ」

ぼくの悲鳴と、嵐君の声が重なった。

そのまま床《ゆか》に転がったぼくに、嵐君は「なんだよ、なんでだよ」と、動揺《どうよう》した声をあげた。

「ごめん、わるかったな。だいじょうぶか？」

嵐君は、保健室《ほけんしつ》から教室に戻《もど》るまでに、何度もぼくにいった。

ぼくを抱《だ》きあげて保健室までダッシュしたのは嵐君だ。

嵐君は、あのとき相当腹《はら》が立っていて、でも女子の真中さんを殴《なぐ》るわけにもいかないから、腹《はら》いせに椅子《いす》を蹴《け》り、その反動で戻《もど》ってきたかかとに、ぼくの頬がミートしてしまったのだ。

あたりどころがよかったのか、歯が折れたりすることもなく、ちょっとほっぺたの内側から血が出て、頬が紫《むらさき》色に内出血しただけですんだ。

保健の美浦《みうら》先生は、「嵐君に殴られたんじゃないの？」ってしつこく疑《うたが》ってきたけど、真中さんがやってきて、事情《じじょう》を説明してくれたおかげで嵐君の疑いは晴れた。

「らいじょうぶ」

本当は、ちっともだいじょうぶじゃなかったけど、嵐君があんまりしょぼんとして見えたから、ぼくはぼくなりに男気をみせた。つもり。

「てか、なんであんなにそばにいたんだよ」

「あ、ああ、そうらった」

ぼくはにぎりしめていた手をひらいた。

「それ」

嵐君は腰《こし》のあたりを右手でさぐって、ぼくの手のひらにあるキーホルダーをつまんだ。

「ほれ、しゃっき落ちて」

「サ、サンキュ。これ、ばあちゃんの形見でさ、マジで大事なんだ」

うん、とぼくはうなずいた。なんとなくこれは嵐君にとって大切なものなんだろうなって前から思ってた。だってこれは嵐君の趣味《しゅみ》とは思えない。嵐君が好んでつけているとしたら、たぶんドクロとかそういう系だろうから。

ぼくらの前を歩く真中さんは、二階に上がったところでふりかえった。

「日色って、本当に間がわるいよね」

なんだよっ。

「でもえらい。嵐君《あらし》もえらい」

「な、なんでだよ」

動揺《どうよう》する嵐君の横で、ぼくも（なんでだよ）と心の中でつっこんだ。ぼくはともかく、嵐君がなんでえらいんだ。

真中さんは満面の笑みを浮《う》かべていった。

「自分がまちがってたってことを認《みと》められるのって、すごいことだもん。嵐君はだからえらい」

なにかいいかえしてやれ、と嵐君を見あげたら、嵐君は顔を真っ赤にしてた。

「いこ」

真中さんは、鼻歌を歌いながら階段《かいだん》に足をのせた。

人って単純《たんじゅん》だ。

ちょっとほめられたくらいで人を好きになるなんて。

嵐君は、とてもわかりやすい。次の日から、真中さんがなにかトラブルを起こすと、まっさきにかけつける。そして、ドスをきかせて真中さんともめている相手をねじ伏《ふ》せる。

それなのに真中さんは、

「嵐君のそういういいかたってよくないと思う」

なーんて冷たい。

ぼくは、真中さんこそ、そういういいかたよくないって思うんだけど。ま、そのうち嵐君の〝真中さん熱〟も、さめるだろう。

でも、そんな嵐君を見ていると、嵐君って案外いいやつなのかもしれないって思った。


二日後の水曜日の放課後、ぼくはなかば強引に真中さんに連れだされて、みゃー子の里親募集《ぼしゅう》のポスターを貼《は》るのを手伝わされた。

里親募集のポスターは十枚《まい》。真中さんが描《か》いたもので、はっきりいってへたくそだった。

『里親募集！　この子の家族になってください』って大きな字で書いてある下に、子ネコらしき絵が描いてあるけど、それは正直いってネコなんだか、たぬきなんだか、その他の生物なのかよくわからない。

「この絵は子ネコですって、どこかに書いたほうがいいんじゃない？」

そういったら、真中さんににらまれた。

公園やスーパーの中の掲示板《けいじばん》、クリーニング屋さんや動物病院に貼《は》らせてもらった。中には「だめだめ」って冷たく断《ことわ》られたところもあったけど、なんとか七か所に貼らせてもらって、残り三枚になった。

もうこのくらいでいいんじゃないかとぼくは思ったけど、真中さんは全部貼りおえるまで帰る気がなさそうだ。

「できるだけ、人目《ひとめ》にできるだけつくところがいいんだけど」

そうつぶやきながら、ずんずん歩いていく。そのあとをぼくは追いかけるみたいにしてついていった。

住宅街《じゅうたくがい》をしばらく歩くと小さな教会の前に出た。ぼくは一年生のときに一度だけ入ったことがある。たしかバザーをやっているからって、お母さんに連れられてきたんだ。覚えているのは、そこで買ってもらった赤いミニカーと、薄暗《うすぐら》くってかびくさいような古い建物のにおい。それから、キリスト像《ぞう》。十字架《じゅうじか》にかけられて悲しそうにうなだれていた。

あんなに悲しそうな顔をした人をぼくは見たことがない。次の年もお母さんはバザーに行こうっていったけど、ぼくはついていかなかった。またあの悲しそうな顔を見るのはいやだったから。

その教会の前で真中さんは足を止めて、重たそうな扉《とびら》をじっと見つめた。

「ここ、入ってみない？」

「やだよ」

「なんで？」

なんでって……、悲しい顔をしたキリスト像を見たくないから、なんていったら、ぜったい一〇〇パーセントまちがいなく、「チキン」って笑われる。

ぼくはくいっとあごをあげた。

「ポスター貼るとこをさがしてるのに寄《よ》り道《みち》したくないだけだよ。ぼくだっていそがしいんだ。それに勝手に入ったらダメなんじゃ」

ぼくの声を完全に無視《むし》して真中さんは石段《いしだん》を三段上がって扉《とびら》に手をかけた。

「ぼく帰るからね！」

「うるさいな、さっさと帰ればいいじゃん」

真中さんは中へ入っていった。

いいよいいよ、勝手にしたらいいんだ。

ぼくは教会に背中《せなか》をむけて歩きだして、ため息をついた。やっぱりこのまま放置して帰るわけにもいかないよなぁ。

「もー」

ぼくはくるりとむきなおって石段《いしだん》をのぼった。


教会の中は、古い建物独特《どくとく》のにおいがした。

正面にあるはずのキリスト像《ぞう》には目をやらないように入っていくと……。

「うわぁ」

ステンドグラスの窓《まど》から差しこんだ夕陽は薄暗《うすぐら》い部屋にやわらかな色をつくっていた。

その中で、真中さんは一番前の椅子《いす》に座《すわ》ってなにかを見あげていた。真中さんの視線《しせん》の先に目をこらすと、あかちゃんを抱《だ》っこしている女の人の像があった。

真中さん、と声をかけようとしたとき、真中さんの肩《かた》が小さく動いていることに気がついた。

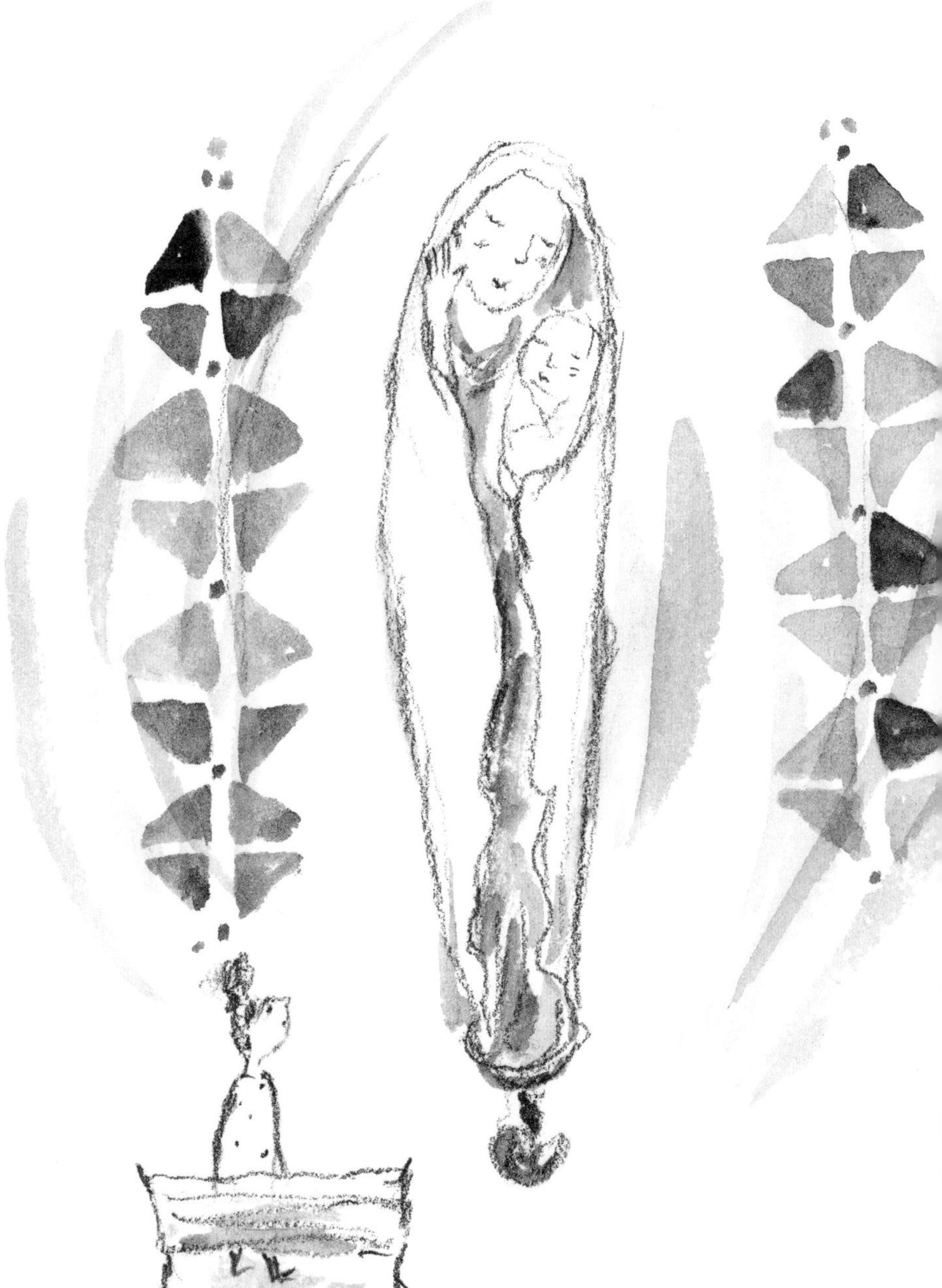

え、うそ。泣いてる？

ぼくは目をこすって、数回まばたきをして真中さんのうしろ姿《すがた》を見つめた。

やっぱり、泣いているように見える。

なんで？　真中さんがどうして？

どうしたらいいのかわからなくて混乱《こんらん》しているうちに、真中さんが立ちあがった。ぼくと目が合うとぴくっと肩《かた》をゆらして、それからぼくの横を通りぬけるとき、「行くよ」っていった。

ちょっと怒《おこ》っているみたいな声だった。

泣いていたと思ったのは、見まちがいだったんだろうか？　あとを追って外へ出ると、真中さんの目は、やっぱり少し赤いような気がした。

「ぐずぐずしないで行くよ」

「あ、うん」

寄《よ》り道《みち》したのは真中さんじゃん。……だけど、そんなふうに責《せ》める気持ちには、なぜかならなかった。

だれかを傷《きず》つけるのはいやだ

給食を食べ終わると同時に廊下《ろうか》へかけだしていった本馬君が、教室にかけこんできた。息を切らして、ぼくの机《つくえ》に両手をつく。

「里親、見つかった？　まだだよね」

「だれか飼《か》ってくれるの？」

うんうんとうなずいて、本馬君はハーフパンツのポケットからメモ帳をとりだした。

「えっと、四年一組の野崎《のざき》って女子がいるんだけど、その子のおばさんっていうのがネコ好きで、いまも三匹飼ってるんだって。で、そのおばさんが飼ってもいいって」

「すげー、本馬、よく親戚《しんせき》までさがしたな」

嵐《あらし》君がうしろからノートをのぞきこむようにしていうと、本馬君はあごをちょっとつきだすようにして「まあね」と胸《むね》をはった。

「ちょっと見せて」

ぼくのとなりの席から、手がのびる。

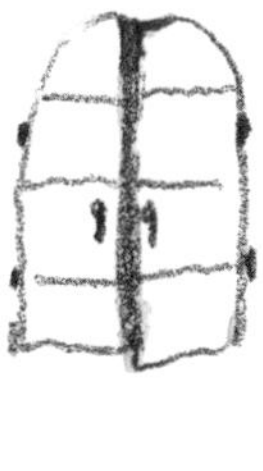

「ふーん、一戸建《いっこだ》てか。広いね。いいんじゃない」

仙道《せんどう》さんが満足そうにいうと、本馬君は今度は鼻を広げた。

「で、そのおばさんが、引きとる前に一度会いたいって、みゃー子に」

「そりゃそうだよね。あたしも見たい」

「仙道は関係ないじゃん」

本馬君がいうと、仙道さんは「あたしが本馬に頼んだんじゃん」っていって、「ねっ」とぼくを見る。

「じゃあ今日、日色君ちに行っていい？」

「ぼくんち？　なんで？」

「なんでって、だからネコを見に行くに決まってんだろ」

話、聞いてんのかよと、本馬君がムッとする。

「それなら真中さんに」

と口にしたところで、ぼくは唇《くちびる》をかんだ。

やばい……。

「ちょっと待って」

仙道さんのとがった声に、心臓《しんぞう》がどくんとする。

「なんでそこで真中さんの名前が出てくるの？」

どう答えればいいんだろう……。ぼくが口ごもっていると、背中《せなか》から真中さんの声がした。

「だって、うちにいるから。みゃー子」

「なっ」

バン！　と机《つくえ》をたたいて、仙道さんが顔をあげた。

「信じらんない！　それって真中さんがネコの里親をさがしてたってことだよね。日色君、あたしをだましたの⁉」

「べつにだましてなんてないよ。仙道さん、ネコのために協力してくれたんでしょ」

真中さんがしれっというと、仙道さんは顔を赤くして真中さんをにらみつけた。

嵐君《あらし》が、なんとかしろよと、ぼくにむかってあごを動かし、本馬君は興味深《きょうみぶか》げにふたりのやりとりをながめている。と、ふいに窓側《まどがわ》の席からおどけたような声が上がった。

「っていうかぁー、仙道さんが口出すことないと思いまーす」

えっ？

ざわっと一瞬《いっしゅん》、どよめいた。

声のほうを見ると、久田《ひさだ》さんが椅子《いす》に座《すわ》ったままからだをこっちにむけた。

藤谷《ふじたに》さんのノート騒動《そうどう》から、久田さんはひとりでいることが多くなった。仙道《せんどう》さんはあいかわらずの調子で話しかけているけど、最近の久田さんはかたい表情《ひょうじょう》でうなずくくらいだ。そのことに仙道さんたちが気づいているのか、いないのか、それはわからなかったけど。

「久ちゃん？」

仙道さんの声がかすかに震《ふる》えている。久田さんは笑っているみたいに見えるけど、目はぜんぜん笑ってなかった。

「だましたとか、仙道さんはいえないと思いまーす」

「な、なんでよ」

「だってー、日色君に親切にしたのだってー、結局、日色君を利用しようと思ってただけだしー」

「そんなことなっ」

「ないなんていわせない！」

久田《ひさだ》さんが声をあららげた。

「みんなわかってるよ。仙道《せんどう》さんがそういう人だってことくらい」

久田さんは声のトーンを落とした。

さっきまで赤い顔をして怒《おこ》っていた仙道さんは、血の気が引いたように青白くなっている。

「西園さんだって、あたしにいってたじゃん、仙道さんって自己チューだよねって」

「そんなこと」

視線《しせん》を泳がせて西園さんは唇《くちびる》をかむ。

「西園さんだけじゃないよ、みんなだっていってるよね」

いつも仙道さんのまわりにいるグループの女子たちも、たがいに目配せし合った。

その空気に、久田さんは勢《いきお》いをつける。

「だました？　それ笑えるんだけど」

にやにや笑い、でもすぐにその笑みは引いた。

つき刺《さ》すような視線を仙道さんにむける。

「あんたなにさま？　ああ、でも逆《ぎゃく》か、みんな仙道さんのことだましてたんだもんね。

だって、みんなあんたのことをきらいだけど、仲のいいふりしてたんだもん」

「うそ！　そ、そんなこと……。だって親友だって」

「はっ？　ウケるんだけど。マジそれないから」

久田さんのことばに、仙道さんの表情《ひょうじょう》が固まった。

「うざいんだよ。消えろよ」

低く、強くえぐるようなことばが教室に響《ひび》く。

クラス中の視線が、容赦《ようしゃ》なく仙道さんにそそがれる。

「なんで……」

えっ？　背中《せなか》から聞こえてきた声にふりかえると、真中さんが席に座《すわ》ったまま青い顔をしている。机《つくえ》の上に置いている左手を右手でにぎった。

「いやだよ」

真中さん？

「あたしはべつに、真中さんのことなんてなにもいって」

久田さんの声に、真中さんはばっと立ちあがった。

「こういうの、もういやだ！」

真中さんはそう叫《さけ》びながら、教室を飛びだした。

「おい！」

立ちあがった嵐《あらし》君は数秒戸惑《とまど》ったように廊下《ろうか》に目をやって、ぼくの腕《うで》を引いた。そのまま廊下にでると階段《かいだん》のほうに走った。

「真中どうしたんだよ。どこいったんだ」

ぼくが頭をふると、チッと舌打《したう》ちして階段に足をのせた。

「オレ、屋上のほう行くから、日色は下のほう頼む」

「う、うん」

あんな真中さんを見たのは、はじめてだ。

真中さん、おびえてた？

どんな相手だって、相手が何人いたって、真中さんはおびえたりなんてしなかった。いつだってまっすぐ顔をあげて、正しいことを口にして、堂々《どうどう》と前をむいていた。

なのに、どうして？

ぼくはいつの間にか、階段をかけおりていた。

そりゃ久田《ひさだ》さんの勢《いきお》いはすごかったけど、真中さんは今回、関係なかったじゃん。いつももめてる仙道《せんどう》さんが久田さんにやりこめられているのなんか、いい気味ってくらいのことなんじゃないのか？

校庭までかけおりると、「日色ー！」と頭上から声がした。

顔をあげると、屋上のフェンスのむこうで嵐君が両手で×印をつくっている。

屋上にはいない。

五時間目が始まるチャイムが鳴り、体育着姿《すがた》の四年生を残してみんな校舎《こうしゃ》に入っていく。

そのとき、視線《しせん》の端《はし》に通用門が少しずれているのが見えた。

気がついたらぼくは、学校を飛びだしていた。

どくどくどくと、心臓《しんぞう》の音が内側から響《ひび》く。

走っているからなのか、勝手に学校を出てきてしまったことにビビッているのか、真中さんのことが心配なのか、よくわからない。

自分がなんで真中さんをさがしているのかも、よくわからない。だけど、もしいま真中さんを見つけることができるとしたら、ぼくしかいない。だって、この学校で真中さんのことを一番知っているのは、ぼくだから。

通学路をこんな時間に通るのははじめてだ。道路のむこうを、ふたりずつ手をつないで保育園《ほいくえん》の子どもたちらしい小さな集団が歩いている。その正面から、おまわりさんの白い自転車が二台やってくるのが見えて、ぼくは思わず駐車《ちゅうしゃ》している車のかげに隠《かく》れた。

立ち止まったとたん、どっと汗《あせ》が流れた。

からだを低くすると、アスファルトからはねかえる太陽の熱で息が苦しい。ひざに手をあてて浅く息をすると、ポタポタと汗が落ちて、地面に黒いシミをつけた。

まさか、おまわりさんから隠れなきゃいけない、なんてことがぼくの人生で起こるなんて、思ってもみなかった。もちろんいまだってわるいことをしているわけじゃない。ぼくは友だちをさがしているだけなんだけど。

おまわりさんの自転車が角を曲がっていくのをたしかめて、ぼくは通学路を逆走《ぎゃくそう》した。おばあちゃんたちがゲートボールをしている広場をぬけて、公園の中をさがし、それから大通り沿《ぞ》いにあるパチンコ屋さんの駐車場もぐるっとまわってみた。でもそこで、ぼくの足は止まってしまった。

真中さんが行きそうな場所って、どこだよ……。

もしかしたら弟とお父さんが暮《く》らしている家？

ううん、ちがう。それができるくらいなら、真中さんは最初から麻子《あさこ》さんの家にはいないはずだ。

それなら麻子さんの家？

それもちがう。真中さんは、麻子さんに心配かけるようなことは、きっとしない。

じゃあ、どこにいったんだよ。

ゆっくり歩きだしたとき、どこかの家から音楽が聞こえてきた。静かで、あたたかくて、大きな木がそっと歌っているようなオルガンの音。

あっ……教会。

ひとりでじっと、子どもを抱《だ》いた女の人の像《ぞう》を見ている真中さんの姿《すがた》を思いだした。

きっとあそこだ。

ぼくはきびすを返した。


なにが原因《げんいん》で、あなたがたのあいだに戦いや争いがあるのでしょう。あなたがたのからだの中で戦う欲望《よくぼう》が原因ではありませんか。

ヤコブ四章一節

教会の前に一枚《まい》の紙が貼《は》ってある。

わかるようで、よくわからないことばだったけど、ぼくも思うことがある。

なんでトラブルが起こるんだろうって。

正しいことを、正しいっていうのも欲望《よくぼう》なんだろうか？　それなら真中さんの中には、欲望がいっぱいってことになるけど、それってちょっとちがう気がする。

教会の重い扉《とびら》にグッと力を入れると、ひんやりとした空気がこぼれてきて、ぼくは息をついた。

そっとからだをすべりこませる。ちょうど日が差しこむ時間なのか、ステンドグラスがあざやかに光を放《はな》っている。宙《ちゅう》に浮《う》かぶほこりまで、光の粒《つぶ》みたいにきらきらきらしている。その中に、小さな背中《せなか》があった。長い髪《かみ》を頭の高い位置でおだんごにしている。

真中さん、と足を踏《ふ》みだしたとき、目の前で「こんにちは」としわがれた声がした。思わず「ひゃっ」と声をあげてしまったぼくの横を、おばあさんが杖《つえ》をつきながら通りぬけていった。

心臓《しんぞう》にわるい。

そりゃあ、おばあさんはただあいさつをしてくれただけだけど、気配を消したまま近づくのはやめてほしい。

「びっくりした」

と、つぶやいて前をむくと、真中さんが座《すわ》ったまま、からだをひねってぼくを見ていた。

「なにやってるの？」

「そ、捜索《そうさく》」

「なにそれ」

真中さんがふっと笑った。


ぼくは、真中さんが座っている横に、ふたり分くらい隙間《すきま》を空けて座った。

「よくここだってわかったね」

「うん」

っていうか、ここしか思いあたらなかった。

いやいやでも毎朝いっしょに学校へ行っているし、たまただけど教室の席は前とうしろだし、関わりたくないけどいろんなことにぼくは毎日巻《ま》きこまれてる。

でも、ぼくは真中さんのことをなにも知らない。真中さんが行きそうな場所もここしかわからなかったし、真中さんが考えていることもまるでわからない。そういえば、真中さんはどんな食べ物が好きで、きらいで、どんな色が好きで、どんな音楽を聞いているんだろう。本を読むのは好きなんだろうか？　動物は、ああ、ネコは好きだよね。それは知ってる。ほかには……。

真中さんをちらと見ると、また、子どもを抱《だ》いた女の人の像《ぞう》を見あげてる。

「それ、好きなの？」

「ん？」

「前も見てたから」

「あぁ、うん。マリア像ね。好きだよ」

「死んじゃったお母さんに、似《に》てるとか？」

「えっ」

「あ、麻子《あさこ》さんから……」

本当はこんなことを聞いたらいけないってわかってるけど、ぼくは聞いてしまった。

「日色ってさ、本当に空気読まないよね」

「ごめん」

「だから、あやまることじゃないんだって。気をつかわれるよりいい。ラクだもん」

そういって真中さんはふふっと笑った。真中さんは一度もぼくのほうは見ていない。ずっと女の人の、えっとマリア像を見つめながら話している。

「似てないよ」

「へっ？」

「だから、マリア像とお母さん。考えてみなよ、おばあちゃんの娘《むすめ》だよ、あたしのお母さん。だいたいマリアって外国人じゃん。どこの国の人だっけ？」

「え、神様じゃないの？」

「マリアは人間」

「そうなんだ」

「そっ」

真中さんは束ねている太いゴムをズッと引っぱって、髪《かみ》をほどいた。少しうねった髪が真中さんの表情《ひょうじょう》を隠《かく》した。

「だいじょうぶ？」

「どうして？　そっか、あたし学校飛びだしてきちゃったんだもんね」

ふっ、と苦笑したような息づかいが聞こえた。

「……どうしていつも、こんなふうになっちゃうんだろうな」

「ん？」

とん、と椅子《いす》に背中《せなか》をあてた真中さんに、からだをむける。

「こんなふうって？」

「こんなふうは、こんなふうだよ」

「こんなふう……」

ぼくがつぶやくと、真中さんがちらとぼくを見た。

「あたしがしてることって、だれかを傷《きず》つけるきっかけになってるだけなのかな」

真中さんの声がわずかに震《ふる》えている。

「あたしがなにもいわなかったら、久田《ひさだ》さんと仙道《せんどう》さんはきっといまもいっしょにいたよね」

そうかもしれない。っていうか、まちがいなくそうだと思う。

久田さんは仙道さんの顔色をうかがいながら、仙道さんはグループにいるみんなの不満に気づかないまま。

そうやって、見たいものだけ見て、見たくないものには目をそらして過ごしていけば、毎日はつらつらと流れていくから。

真中さんはそういうものを全部掘《ほ》り起こして、目の前にさらしていく。

本当のことをつきつけられるから、ぼろぼろとくずれてしまうんだ。でも……。

「真中さんはまちがってないよ」

すっと視線《しせん》を感じた。

「真中さんはまちがってないけど、そんなにがんばらなくてもいいと」

「なんにも知らないくせに！」

ぼくがびくんっ、とすると同時に、うしろのほうから咳《せき》ばらいが聞こえた。

真中さんはグーににぎった右手を口にあてて大きな目を左右に動かした。

「ごめん」

ささやくようにいう真中さんに、ううんと首をふる。

「がんばるとか、そうじゃないの。あたしはただ」

「ただ、なに？」

「お母さんと、約束したから。もうお母さんとの約束、やぶりたくないから」

そういってぱっと立ちあがった真中さんの腕《うで》を思わずにぎった。

「あっ」

ぼくを見た真中さんの目から、ぽろぽろと涙《なみだ》がこぼれた。

「ごめん」

真中さんは左手の甲《こう》でこするように涙をふいた。

ぼくと真中さんは、教会を出た。家に帰る？って聞いたけど、真中さんは首を横にふった。そうだろうなと思った。

とちゅうの公園で真中さんは顔を洗《あら》って、髪《かみ》の毛をいつもみたいに頭の上でまるめた。

それから空にむかって大きく一度のびをすると、よし、と気合いを入れてぼくを見た。

「日色、学校戻《もど》ろう」

「うん」


真中さんは学校まで歩きながら、ぽつぽつとぼくに話しはじめた。

「静岡《しずおか》に住んでたんだ、あたし」

「静岡」

「うん。お母さんが、東京の専門《せんもん》の病院に入院することになってね。お父さんと弟と三人で病院の近くのアパートに引越《ひっこ》したの」

その話は麻子《あさこ》さんから聞いてたけど、ぼくはだまって聞いていた。

「放課後は毎日、弟を連れてお母さんのところへ行ってた。帰るときね、お母さんはいつもさみしそうな顔をしながら、『早く帰りなさい、毎日なんて無理しなくてもいいからね』っていうの。だからあたしは必ず、『明日また来るよ』っていって。そうするとお母さんは『待ってるね』って笑ってくれて」

真中さんはまっすぐ前をむいたまま話しつづける。正面からベビーカーを押《お》したお母さんと、黄色い幼稚園《ようちえん》バッグをななめにさげた女の子が歩いてきた。なにか歌を歌っている。お母さんが話しかけると、女の子はからだをゆするようにしてケラケラ笑い、ベビーカーの中をのぞきこんで、今度は小指をのばして、お母さんと指切りをした。

真中さんはすれちがったあと、一瞬《いっしゅん》ふりかえって、小さく息をついた。

「あの日ね、となりの席の子があそびにおいでよって家にさそってくれて。転校してはじめてだったから、うれしかったんだ。本当はお母さんのところへ行かなきゃいけないのに、その子のうちにあそびに行ったの。一日くらいいいよねって、思ったんだよ。楽しくて、あっという間に時間が過ぎて」

そういって、数回うなずいた。

「家に帰ると、弟がいまからお母さんのところに行くっていったんだけど、あたしは宿題やってないから明日にしようっていったの。毎日行ったらお母さんだって疲《つか》れるんだよって。また明日行けばいいじゃんって。そうしたらね」

どどどどどっと、道路工事のドリル音が響《ひび》く。

「そうしたら、明日はなかった」

「えっ？」

「明け方に急変して、お母さん死んじゃった。あたしが、約束を守らなかったから」

「そんな、そんなこと関係」

「ないよ。そう思う。だけど、『明日また来るよ』ってあたし、お母さんにいったんだよ。約束を守ってたら、お母さんにもう一回会えた。弟をもう一度、お母さんに会わせてあげられた。それは本当のことなんだよ。だから、お母さんとの約束はもうぜったいにやぶりたくない。やぶらないって決めたの」

「約束って？」

真中さんはそれには答えてくれなかった。

「だけど、あたしが約束を守ろうとしたことで、弟はいじめられた。今日だって……。あたしのせいでだれかを傷《きず》つけるのは、もういやだよ」

ヒーロー

学校に戻《もど》ったぼくたちは、下駄箱《げたばこ》のところでものすごいこわい顔をした東野先生につかまって、そのまま児童相談室に連れていかれた。

パイプ椅子《いす》に座《すわ》らされたぼくらの正面に東野先生は座った。先生は机《つくえ》の上にヒジをつくと、右手をこめかみにあてて、ふーっと大きなため息をつきながらぼくらをにらんだ。

ぼくはこれまで一度だって、こんなふうに先生に怒《おこ》られたことはないし、怒られるようなことはしてこなかった。だからこんなとき、どうしたらいいのかわからない。

そろえたひざの上に両手を置いて、背筋《せすじ》をのばしながらも顔をさげる、というかかなり緊《きん》張《ちょう》した体勢《たいせい》で東野先生の出方を待っていると、コンコンとドアがノックされて保健《ほけん》の美浦《みうら》先生が入ってきた。

東野先生が、すみませんというようにちょんと頭をさげる。

そういえば、東野先生って美浦先生のことが好きだったんじゃなかったっけ。そんなことを思いだしてちらと東野先生を見ると、心なしかさっきより口もとがゆるんでる。

美浦先生が入口に一番近い端《はし》の席に座ったのを確認《かくにん》して、東野先生は口をひらいた。

「おおよそのことは、嵐《あらし》と本馬から聞いた」

あのふたりがなにをいったのかわからないから、ぼくは曖昧《あいまい》に「はあ」と答えると、真中さんが「なにについてですか？」といった。

「なにって、おまえたちがいなくなった経緯《けいい》に決まってるだろ」

「経緯」

「そうだ。久田《ひさだ》と仙道《せんどう》がいい合いをして、それで真中が教室を出ていって、嵐と日色が真中をさがしに行った、ってことだけだけどな。曖昧なところが多すぎていまひとつ要領《ようりょう》をえん。そもそもふたりがいい合って、なんで真中が出ていくんだ？」

東野先生はなにも答えない真中さんから、ぼくにゆっくり視線《しせん》を動かした。

「日色も、友だちを心配するのはいいことだけどな、勝手に学校の外にでるのはほめられんぞ」

「はあ」

ぼくはまた曖昧に答えた。

どうしてこんなにわかりきったことしかいえないんだろう。勝手に学校の外に出ちゃいけないことなんてわかってる。わかってるけど……。

「おおその話でおおよそまちがいないです。学校を出たことは反省しているんでもういいですか？」

真中さんが淡々《たんたん》というと、東野先生は、「まだ理由もなにも」といいかけて、美浦《みうら》先生にさえぎられた。

「ちゃんと学校にも帰ってきたんだし、今日は疲《つか》れたでしょ。話は明日にしませんか？ね、先生」

「え、ええ、まあ。美浦先生がそういうんでしたら」

美浦先生はやわらかい笑みを浮《う》かべて、ぼくたちに、ほら、というようにうなずいた。

廊下《ろうか》はしんとして、オレンジ色に染《そ》まっていた。ぼくと真中さんはなにもいわず、三階の階段《かいだん》をのぼって教室へむかった。

がらりと戸をあけると、三つ、影《かげ》が動いた。

「おっせーよ」

「どこいってたんだよ」

嵐《あらし》君と本馬君だった。そのうしろからおどおどと顔を出したのは、藤谷《ふじたに》さんだった。

嵐君と本馬君はなんとなくわかる。嵐君は真中さんのことが好きで、真中さんをさがすのだって嵐君のほうが積極的だったんだから。本馬君も、ぼくたちがどうなったのか、情《じょう》報《ほう》通《つう》として一番に知りたいだろうから、うなずける。でも、藤谷さんは意外だった。真中さんもそう思ったみたいで、藤谷さんを見た瞬《しゅん》間《かん》、大きな目をさらにくっと大きくした。

「ま、真中さん」

藤谷さんが消えそうな声でいうと、真中さんは「はい」と答えた。

「あの、これ」

藤谷さんはノートを二冊《さつ》、真中さんに差しだした。

「五時間目と六時間目のノート。あ、明日返してくれればいいから」

そういうと、藤谷さんは「はい」っと真中さんに押《お》しつけるようにして教室を飛びだしていった。

「なんだあいつ」

嵐君がぼそりという。

本馬君も肩《かた》をあげた。

「真中さんのこと、心配してたんだね」

ぼくがいうと、真中さんはだまってノートをひらいた。

小さな文字が几帳面《きちょうめん》に並《なら》んでいる。その下に、くまのかわいい絵が描《か》いてあって、吹《ふ》き出しに『真中さん、このまえありがとう』って書いてあった。

真中さんの耳が真っ赤になっていたけど、たぶん嵐《あらし》君たちからは逆光《ぎゃっこう》で見えないはずだ。

だからぼくは、だまっていてあげた。


きゃははっ！

マジうける～

窓際《まどぎわ》の久田《ひさだ》さんの席のまわりで西園さんをはじめとした女子たちの声がわんわんふくらんでいる。昨日まで、休み時間のたびに占拠《せんきょ》されていたぼくの席は、気持ちわるいくらい静まりかえっていて、となりの席で仙道《せんどう》さんがもくもくと本を読んでいる。ブックカバーがしてあるからなにを読んでいるのかはわからないけど、ひらいているページをちらっと見たら、「復讐《ふくしゅう》のゴング」とか「死神とかわした誓《ちか》い」とかいうアブナイ文字が並んでいて、ちょっとこわい。

朝から仙道さんはひとりだ。だれも、おはようもいわないで、仙道さんはいるのに、いないみたいに動いてる。

こんなにあっさり、簡単《かんたん》に、バカみたいに関係が変わっちゃうんだ。

ぱふっ
仙道さんが本を閉《と》じて椅子《いす》を引いた。思わずぼくが顔をむけると目が合った。

「なに？」

「あ、ううん、なんでもない」

ふんと鼻を鳴らして仙道さんが腰《こし》をあげたとき、久田さんたちが横に来て、机《つくえ》の上の本を床《ゆか》にはらい落とした。

仙道さんが中腰《ちゅうごし》のまま息をのんだ。

「あー落ちちゃったぁー。こんなところに置いておくほうがいけないんだよ。ねっ」

まわりの女子たちも、にやつきながらうんうんうなずいている。

仙道さんはだまってうつむいたまま椅子に座《すわ》った。仙道さんの手が震《ふる》えている。

そりゃあこれまで仙道さんってひどいなって思うことはあった。いばっててえらそうだったし、イヤなこととか平気でいうし、気に入らないことをした相手は平気で仲間はずれにしたり。

だけど、だからって、それと同じことをするのはちがう。すごくイヤな思いをしたのなら、それを伝えて、まちがっていたのならちゃんと……。

あ、それって、真中さんがやってることだ。

「どいて」

静かな、でも強い声に顔をあげると、真中さんが久田《ひさだ》さんたちの前に立っていた。

「そこ、ちょっとどいてくれる」

もう一度いうと、久田さんが戸惑《とまど》ったようにからだをずらした。

真中さんは「どうも」とだけいって数歩行ったところで床《ゆか》に手をのばした。

「はい」

仙道《せんどう》さんの机《つくえ》の上に本を拾いあげた。

おどろいたように仙道さんが顔をあげる。

「よ、よけいなことしないでくれる」

えっ？　仙道さんの口から出たことばにぼくは唖然《あぜん》とした。なのに、真中さんはふっと笑った。

「そこはふつう、ありがとうっていうとこだよ。でも、ちゃんといえるじゃん、思ってること」

「……」

「ちょっと真中さん！」

久田さんが、がっと真中さんの肩《かた》をつかんだ。その手をふりほどくことなく、真中さんがふりかえった。

「なに？」

「なにって」

肩から手がはなれる。

「いわなきゃわかんない。いいたいことがあるならいいなよ」

久田さんの目がすっと泳ぐ。

「……ばっかみたい」

そう吐《は》き捨《す》てるようにいうと、久田さんはとなりにいた西園さんの手をつかみ、「いこっ」ときびすを返した。

「久ちゃん！」

仙道さんの声に一瞬《いっしゅん》、久田さんの足が止まった。けどすぐに久田さんは「いこっ」と西園さんの手を引いて廊下《ろうか》へ出ていった。
ミーンミンミンミンミンミーン
校庭からセミの声が聞こえた。

今週はぼくたちの班《はん》が給食当番だ。四時間目が音楽だったから、ぼくたちは音楽室からダッシュで教室に戻《もど》って、汗《あせ》をかきながら白衣をはおった。給食をとりに行くのは、ぼくと本馬君と真中さん。あとの四人は台ふきんを洗《あら》ったり、配膳《はいぜん》用の長机《ながづくえ》の準備《じゅんび》をすることになっている。

「今日の給食は、げっ、けんちんうどん」

一階の給食室から給食がエレベーターで上がってくるのを待っているあいだ、エレベーター横に貼《は》ってある献立《こんだて》表をながめながら本馬君がうんざりした声をあげた。真中さんも顔をしかめている。

「夏にけんちんうどんって、ふつうの発想じゃないよね」

たしかに。なんでこのクソ暑い中で、熱いうどんを食べなきゃならないんだろう。これじゃあよけいに食欲《しょくよく》だってなくなる。栄養士さんがどんなに栄養のバランスを考えたって、食べられなきゃ意味ないよ。

「おまたせー」

白衣を着た給食のおばさんが息をつきながら階段《かいだん》を上がってきて、エレベーターのボタンを押《お》した。

ウイ――――ンと給食をのせたエレベーターが上がってくる。台車の上に、大きな寸胴《ずんどう》型《がた》の食缶《しょっかん》と四角い形の平たい食缶が二つ。それに食器の入ったステンレス製《せい》のカゴと牛乳《ぎゅうにゅう》の入ったケースがのっている。

それを給食のおばさんから受けとって、教室まではこんでいく。

ガタガタガタガタ
台車の上で食缶が大きな音を立てる。教室の近くまで行くと音に気づいて仙道《せんどう》さんと鈴木《すずき》さんが出てきた。

ドアの正面にワゴンを止めると、仙道さんが寸胴型の食缶をつかんだ。

いつもなら「これは男子が運んで」とか、配膳の担当《たんとう》なんかも仙道さんがビシバシ決めちゃうのに、今日はもくもくと目の前にある仕事をこなしている。この変化はすごくうれしいことなのに、なんだかぼくの気持ちはどんよりしてる。

「それ重いよ。けんちんうどんだから」

ぼくがいうと、仙道《せんどう》さんはふんと鼻を鳴らし、「いっしょに運ぼう」と手をのばした真中さんの右手をふりはらった。

「あっそ、なら配膳台《はいぜんだい》ふいてくるから少し待ってて」

真中さんはそういって教室に入っていった。

教室ではガーガー音をさせながら、班《はん》ごとに机《つくえ》を合わせて島をつくっている。ランチマットを全員が机に敷《し》いている班もあれば、まだ島の半分もできていない班もある。

わいわいきゃーきゃーざわざわ
四時間目が教室移動《いどう》のある授業《じゅぎょう》のときは、教室は無法状態《じょうたい》になって給食準備《じゅんび》にも時間がかかる。

配膳台の上をふいている真中さんの前に、給食袋《ぶくろ》がとんできた。

「わっりー」

嵐《あらし》君が平たい食缶を運ぶぼくの横をすりぬけていく。

真中さんの前で、パチンと音をさせて手を合わせる。

「まったくもう。給食の中に入ったらどうするの？」

「わりいわりい」

「給食袋は、投げない、まわさない、置きっぱなしにしないが原則《げんそく》だから」

「置きっぱなしってなんだよ」

「だってそれ、洗《あら》ってないでしょ。毎日机の中に入れっぱなしになってるのを使ったら、よけいに不衛生《ふえいせい》だから」

「そっかな、そんなにきたなく見えねーんだけど」

「目で見えるようだったらかなりやばいよ」

真中さんが苦笑すると、「どいて」といいながら仙道さんが食缶を両手で持って教室に入ってきた。

「あ、ちょっと」

仙道さんの数歩先にプリントが落ちている。それを真中さんが拾おうと腰《こし》をかがめたとき、「でさでさ」「えーマジでー」「ヤダ、きもいんだけどー」と、廊下《ろうか》から久田《ひさだ》さんたちがかけこんできた。「マジでー」と笑いながら、久田さんがうしろをむいたまま勢《いきお》いよく数歩進んだ。

どんっ！

久田《ひさだ》さんの背中《せなか》が、仙道《せんどう》さんにぶつかった。

「あっ」

仙道さんが小さく声をあげ、からだがぐらりとかたむく。手にしている食缶が、真中さんにむかって大きくゆれる。

あぶない！

ぼくはダッと床《ゆか》をけった。

真中さんをつきとばす。

からん！

フタが床に落ちる音がする。

食缶がぼくにむかって大きくゆれ、中身が盛《も》りあがり、宙《ちゅう》に広がる。

あぁ……やばい。

けんちんうどんが降《ふ》ってくる。

「わっ！」

一瞬《いっしゅん》のできごとなのに、スローモーションみたいに、全部がゆっくりゆっくり見えた。

「熱い！」

「きゃあああ」

ぼくの叫《さけ》び声と同時に、だれかの悲鳴が上がった。

ごん、がらん！　がらーん！

食缶が転がる。

「日色！」

真中さんの声。床に倒《たお》れたぼくの腕《うで》をつかんで、ゆさぶっている。

ああ、なんでぼくはこんなことをしたんだろう。できたんだろう。

気づいたら、からだが動いていた。

「ん、あれ？」

「えっ？」

ぼくと真中さんは同時に顔を見合わせた。

「熱く、ない」

「やっぱり？」

「う、うん」

転がった食缶を起こした本馬君がククッと笑った。

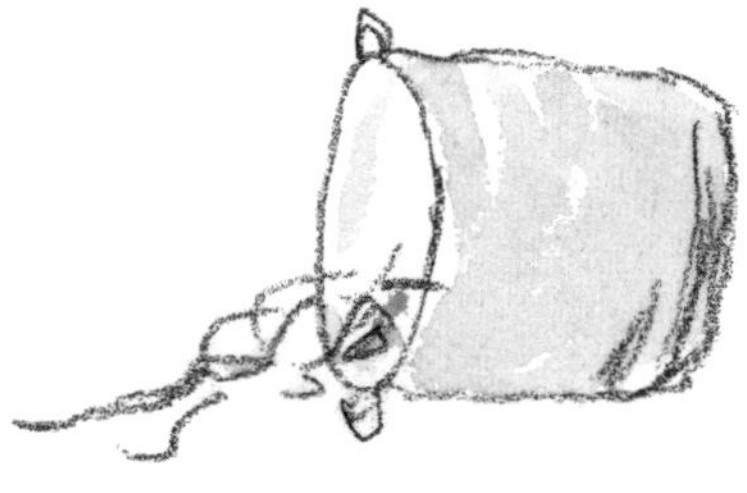

「冷やしけんちんうどんだ」

夏だから。

うどんが頭から、つるんと落ちた。

「よかった……」

目の前で、仙道《せんどう》さんが白い顔をして、へなへなと座《すわ》りこんだ。

「日色君に、やけどさせちゃったって、思った」

鼻をぐずぐずさせてそういう仙道さんの横に、久田《ひさだ》さんがぺたんと座った。

「ごめん」

仙道さんはだまってぽろぽろと涙《なみだ》をこぼし、久田さんもそれ以上なんにもいわないでとなりで泣いた。

「あの、だいじょうぶだから」

ぼくがそういうと、真中さんがぼくの腕《うで》を引いて、優《やさ》しく笑い、ゆっくりかぶりをふった。

「てかさ、うちのクラス、給食どうすんだよ」

嵐《あらし》君がぼそっといった。

結局、けんちんうどんはほかのクラスから少しずつ恵《めぐ》んでもらって、うちのクラスも食べることができた。ぼくは保健室《ほけんしつ》でからだをふいて体育着に着がえたものの、髪《かみ》の毛はべとべとしているし、全身から出汁《だし》のにおいがぷんぷんしていてまったく食欲《しょくよく》がわかなかった。けど、仙道さんと久田さんが少しぎこちなく、それでも話をしているのを見ていたら、まあよかったのかなって思えたんだ。

放課後、体育着のままランドセルを肩《かた》にかけて校門を出ると真中さんがいた。真中さんはあたりまえのようにとなりに並《なら》んで歩きはじめ、ぼくの髪に顔を近づけて鼻をクンクンした。

「まだにおうね」

なんだかどきんとして、ぼくはちょっと早足になった。

「ありがと」

ななめうしろからの声にふりかえると、真中さんは立ち止まって、もう一度いった。

「ありがとう。お礼、ちゃんといってなかったから」

う、ううん、ぼくがあわててかぶりをふると、真中さんはふっと安心したみたいに笑顔を見せて「行こ」ってぼくを追いぬいて歩きだした。

「転校してきた日にさ、逃《に》げ腰《ごし》でケンカを見てる日色ってどんだけ弱っちいんだろうって思った」

あはっ、ぼくは苦笑した。

「もめごとには近づかないし、なにかあってもとりあえず丸くおさめようとするし。かっこわるいって」

「うん」

真中さんのいうことはいちいちもっともだ。ぼくだって、かっこわるいと思うし、もっと強くなりたいって思うこともある。だけど、やっぱりぼくはもめごとは好きじゃないし、ケンカもしたくない。

「でもね」

真中さんの歩調がゆっくりになった。

「でも本当は、そういうのって、すごい強くなきゃできないのかもしれないって思った」

「そ、そんなことないよ。ぼくは強くないし」

「そっか」

真中さんはふっと笑った。

「うん。あのさ、みんなが楽しくいられるのって、そんなに難《むずか》しいことなのかな？」

「えっ？」

おどろいたような顔をした真中さんを見て、ぼくは、ぼっと顔が熱くなった。

ぼくとしたことが、えらく気どったことをいってしまった気がする。

「あーっと、えっと、そうじゃなくて、ぼくがいいたかったのは、だれかひとりだけががんばらなくてもいいんじゃないかってこと。だってさ、カイがいなくなったらみんなどうするの？」

「……カイってだれ？」

「土曜日にやってるドラマの主人公」

ぼくがいうと、真中さんはあからさまにムッとした顔をした。

「ドラマの話なんてどうでもいいじゃん。なんでいきなりドラマが出てくるの？」

「ごめん。だけど、カイはあんなにがんばってるのに、問題を解決《かいけつ》してもつぎつぎに新しいトラブルが起きて、しかもどんどん大きなトラブルになるんだ。それなのにまわりの人からは、カイはあやしいとか、乱暴《らんぼう》だとか、さんざんいわれて誤解《ごかい》されて。真中さんだって」

「あたし？」

こくんとうなずく。

「もっと、信じてくれてもいいと思う。真中さんが来て、ちょっとずつみんな変わったよ。嵐《あらし》君も、本馬君も、藤谷《ふじたに》さんも仙道《せんどう》さんも久田《ひさだ》さんも。ぼくも、ちょっとだけど」

「……」

「お母さんとの約束って、ひとりでなきゃ、守れないことなの？」

「……」

「真中さんのお母さん、真中さんをひとりにするみたいな約束なんて、してないんじゃない？」

「……なんか」

「へ？」

「なんか、ちょっとむかつく。わかんないけど」

真中さんはむかつくといいながら、本気で腹《はら》を立てているわけでもないみたいに見えた。

「真中さん！」

という声といっしょにうしろから足音が聞こえた。

「藤谷さん」

おでこに汗《あせ》を浮《う》かべて、藤谷さんがかけてきた。

「どうしたの？」

「えっと、い、いっしょに帰ってもいい？」

真中さんはきょとんとしたように藤谷さんを見つめた。

「だめ、かな」

赤い顔をして、緊張《きんちょう》した面持ちでいう藤谷さんに、真中さんは「いいよ」といって歩きだした。

「そういえばこのあいだ借りたノートだけど」

「えー、まちがってた？　どこどこ」

ぼくはふたりと五歩くらいあいだをあけて歩いた。前を歩くふたりは楽しそうで、声がはずんでて、元気いっぱいの夏の太陽にも負けないくらい、ピカピカして見えた。

まさか、真中さんがクラスの女子と帰る日が来るなんて。

ぼくはちょっとじんとした。

でも案外これが、本当の真中さんなのかもしれないな。

公園を過ぎたところで藤谷《ふじたに》さんは、「また明日ね」といって角を曲がった。

ぼくはあいかわらず、真中さんの五歩くらいあとから歩いていった。

麻子《あさこ》さんちの生《い》け垣《がき》が見える。生け垣の端《はし》っこが少しこわれていて、ぼくはよくそこから学校の帰りに麻子さんちに寄《よ》っていた。

「寄っていく？」

「今日はやめとく」

ぼくが着ている体育着をちょんとつまむと、真中さんは「そうだね」と肩《かた》をすくめた。

それからちょっと照れくさそうにいった。

「明日、藤谷さんがいっしょに学校に行こうって」

「うん」

よかったね、そのことばは声には出さなかった。きっとことばにしていたら、真中さんはものすごくばつのわるい顔をするだろうなって思ったから。

本当は、そんな顔をちょっと見てみたい気もしたんだけど。

仙道《せんどう》さんと久田《ひさだ》さんはいつの間にか、また四六時中《しろくじちゅう》いっしょにいるようになった。でも性格《せいかく》っていうのはそうそう変わるもんじゃない。仙道さんはあいかわらずすぐにいばるし、気に入らないことがあると、ぶりぶり文句《もんく》をいっている。

だけど、ひとつ変わったのは、仙道さんも久田さんも、思っていることを直接《ちょくせつ》いい合うようになったってことだ。

さっきも図工の時間のあと、仙道さんがつかつかって久田さんのところに行ってスケッチブックを指さしながら「あんたむかつくんだけど！」っていってた。

さっきの時間、二人一組になって肖像画《しょうぞうが》のスケッチをやったんだ。で、久田さんと仙道さんがペアになって、おたがいの顔を描《か》き合ってたんだけど……。

「あたしは上手に描いてあげたのに、なにこれ」

「そっくりでしょ」

「どこが、すっごいブスじゃん」

「そうかな、でもこのとおりだよ」

「あたし、そんなにブタみたいな鼻してない！」

「してるって、ほら、鏡見てみ。でもべつにブタの鼻ってかわいいと思うけど」

「かわいくない！」

こんないい合いがあちこちで起きているけど、なぜか前より学校が楽しい。

みんな、笑顔でいる時間がちょっとだけ増《ふ》えている気がする。

これって、真中さんのおかげなのかな。


そんなふうに平和だったり、ごたごたしたり、笑ったり、怒《おこ》ったり、びっくりしたりの毎日が過ぎていって、昨日は一学期の終業式だった。

つまり、今日から夏休みだ！

ぼくは毎年夏休みに入るとすぐに名古屋《なごや》のおばあちゃんの家に行く。それでお盆《ぼん》にお父さんとお母さんがやってきて、いっしょに帰るっていうのが恒例《こうれい》だ。

「忘《わす》れ物ない？　新幹線《しんかんせん》のチケット持った？」

お母さんは玄関《げんかん》でハイヒールに足を入れながらいった。

「持ったよ」

「ならいいわ。あ、下着類もちゃんと入れたのね。宿題は持った？」

「持ったよ。なにか忘れ物があったら送ってよ」

「それはそうだけど。あ、ほら急いで、新幹線《しんかんせん》乗り遅《おく》れるわよ」

お母さんは仕事の資料《しりょう》がいっぱい詰《つ》まったカバンを肩《かた》にかけて、早く早くとぼくを急かした。

麻子《あさこ》さんちの前を通ったとき、庭からみゃー子の鳴き声が聞こえた。

結局、みゃー子は麻子さんちにいる。もともとネコ好きな麻子さんは、預《あず》かっているうちに情《じょう》がうつっちゃって、手放せなくなっちゃったんだって。本馬君や飼《か》ってもいいっていってくれたおばさんにはわるいことをしちゃったけど、麻子さんは幸せそうだし、真中さんもうれしそうだから、ぼくはよかったって思ったんだ。

そうだ、今年は麻子さんだけじゃなくて、真中さんにもお土産《みやげ》買ってこないと！

「拓《たく》、急いで」

「うん」

ぼくは、いってきまーすと口の中でいって、地面を軽く蹴《け》った。小さなトラックがぼくの横をゆっくり通りぬけていった。

真中さんは、ぼくが名古屋《なごや》へ行ったその日、麻子さんの家から、引越《ひっこ》していった。お父さんと弟の翠《すい》くんといっしょに、もともと暮《く》らしていた静岡《しずおか》へ戻《もど》ったんだという。

そのことをぼくは名古屋から帰ってきた翌日《よくじつ》、麻子さんちに行ってはじめて聞かされた。

あんまりおどろいて、ぼくは持っていったお土産のういろうをそのまま持ち帰ってしまった。

キッチンのテーブルの上に、どんと置いてあるういろう。羊羹《ようかん》好きの真中さんが、なんていうかな、と思って名物のういろうを買ってきたのに。

二ヶ月前、真中さんはとつぜんぼくらの前にやってきて、ぼくの生活をひっかきまわすだけひっかきまわして、台風みたいにいろんなものをひっくりかえしたと思ったら、バカみたいに明るい日差しをのぞかせて、消えてしまった。

ひと言もいわないで。終業式のあとで、いつもみたいに「じゃあね」って手をふって。

あのとき真中さんは、引越すことも、転校することも決めていたはずなのに、ぼくらに、ぼくに、なにもいわずに行ってしまった。

みぞおちのあたりがシクッとした。

ぼくは悲しいのか？　ううん、さみしい？　それとも、悔《くや》しいんだろうか？

どれもあたっているけど、どれもちがってる。

――ごめんね、拓《たく》ちゃんになにもいわないで。凛《りん》に頼まれていてね。

そういって麻子《あさこ》さんはみゃー子をひざにのせた。

麻子さんも麻子さんだ。いくら頼まれてたからって、こんなの卑怯《ひきょう》だ。

袋《ふくろ》の中のういろうをがさがさあけて、ぼくはまるごとかぶりついた。羊羹《ようかん》の甘味《あまみ》とはちがう、ちょっと気のぬけたような甘味とつるんとした口あたりのいい食感がのどを通っていく。ぼくは一本一気に完食して、床《ゆか》にごろんとした。

ぼくは怒《おこ》っているんだ。

すごくすごく腹《はら》が立って、むかついて、どうしようもないくらい……。

プルルルル　プルルルル

「はい」

『あ、やっぱ帰ってた。オレ、本馬だけど』

「なに、なんか用」

『なんか用ってさ、すげー機嫌《きげん》わるいじゃん』

「べつに」

本馬君にあたったってしかたがないし、あたるつもりなんてさらさらないんだけど、おもわず口調があらくなってしまった。

『まーいいけど。それよか、夏休み前に貸《か》した本あるじゃん』

「本？」

『【知りたがり都市伝説】だよ、あれ返してくれる？　自由研究に使いたいんだ』

「あ、ごめん借りっぱなしになってて。あとで持ってくよ」

『オレ、今日塾《じゅく》の講習《こうしゅう》あるからさ、うちの郵便《ゆうびん》受《う》けに入れておいてくれればいいから』

「わかった」

受話器を置いたあと、そういえばそんな本を借りたなと机《つくえ》のまわりをさがしたけど、どこにもない。借りたまま読んだ記憶《きおく》がないってことは……、ランドセル！

そうだ、入れっぱなしにしてるはずだと机の横にかけてあるランドセルをひらくと、『楽しい夏休みを過ごすための十の注意点』って書いてあるプリントなんかといっしょに、【知りたがり都市伝説】が入っていた。

「よかった」

本といっしょにプリントもとりだしたとき、すとん、と足下《あしもと》に白い封筒《ふうとう》が落ちた。

なんだったっけ？　こんなの入れた覚えがないけど……。

拾いあげて裏《うら》を見ると小さな几帳面《きちょうめん》な文字が三つ並《なら》んでいた。

真中凛《りん》

真中さんからだ。手紙を渡《わた》された記憶《きおく》なんてないから、真中さんがこっそり入れたんだ。

たぶん、終業式の日。いくらぼくだって、次の日の時間割《じかんわり》をそろえてたら気づくはずだもん。

飾《かざ》り気《け》のない封筒《ふうとう》を見つめて、封をあけた。

日色拓《たく》様

いってらっしゃい！　それとも、おかえり！　かな。

わたしの予想では、たぶん「おかえり」だと思う。だって終業式の日にランドセルの中をきれいに整理する人ってあんまりいないもんね。

だから、これを読んでくれるのは、きっと名古屋《なごや》から帰ったあとだと思います。突然《とつぜん》ですが、わたしは転校することに決めました。お父さんと弟といっしょに、以前住んでいた静岡《しずおか》へ戻《もど》ることにしました。

そう決心することができたのは、日色のおかげです。

お母さんは、わたしのいいところは物事をまっすぐに見ることができるところだといってくれました。そして、最後にお母さんに会ったとき、お母さんはわたしに「自分の目で見て感じたことに正直でいてね」といったのです。どうしてそんな話になったのかは、よく覚えていないけど、たぶんテレビで悪徳政治家《あくとくせいじか》のしょうもないニュースをやっていたかなんかで、お母さんはそんなに大きな思いもなく、なにげなく口にしたことだったのだと思います。

でも、わたしはそのことばに、「うん」と答えました。だから、わたしにとっては約束なのです。

正直でいるということは、ひどく不自由なこともあります。うそをついたり、見て見ぬふりをすることで、うまくいっていることがたくさんあるんだよね。わたしもずっと無自覚にそうしてきたんだなって思いました。

だけど、ここへ来て、日色やクラスのみんなとごちゃごちゃになりながら、正直でいるというのは、自分の思いや考えを押《お》しつけるんじゃなくて、わかってもらおうとすることなんじゃないかなって、思いました。

ちょっとまじめに語っちゃった。

楽しかった。

いろいろあったけど、ここへ来てよかった。出会えてよかった。

みんなといっしょに卒業することも考えましたが、わたしは一番逃《に》げちゃいけなかった家族から逃げてしまったから、そこに戻ろうと思います。

おばあちゃんをよろしくね。

いつかまた。

真中凛《りん》

窓《まど》をあけると、むんとした空気につつまれた。勉強《べんきょう》机《づくえ》の上に出しっぱなしになっている将棋盤《しょうぎばん》の上に香車《きょうしゃ》を置いてみた。ずっ、と前に駒《こま》を動かし、もう一度もとの位置に戻《もど》して苦笑した。

うしろにさがるのは反則《はんそく》なんだぞ。

そうじゃない、か。お父さんと弟のところに帰ったのは、うしろにさがったわけじゃない。真中さんはやっぱり前へ進んだんだ。

まっすぐ前にしか進めない、不器用で、だけど潔《いさぎよ》い駒。

真中さんはやっぱり香車に似《に》ている。

手紙を封筒《ふうとう》に戻そうとして、封筒の中にもう一枚《まい》手紙があることに気がついた。

かさっとそれをとりだした。

追伸《ついしん》
チキン撤回《てっかい》。
日色拓《たく》様、あなたはあたしのヒーローです。
なんちゃって！

いとうみく　**作家**
神奈川県に生まれる。『糸子の体重計』（童心社）で第46回日本児童文学者協会新人賞、『空へ』（小峰書店）で第39回日本児童文芸家協会賞を受賞。主な作品に、『かあちゃん取扱説明書』（童心社）、『ていでん☆ちゅういほう』（文研出版）、『車夫』（小峰書店）、『二日月』（そうえん社）、『キナコ』（PHP研究所）などがある。「季節風」同人。

こがしわかおり　**画家**
埼玉県に生まれる。出版社勤務を経て、フリーに。作絵の作品に『ツツミマスさんと3つのおくりもの』（小峰書店）、絵に『わらうきいろオニ』（講談社）、『さよならのドライブ』（フレーベル館）、『ちいさなおはなしやさんのおはなし』（小峰書店）、装幀に「すみれちゃん」シリーズ（偕成社）などがある。

文研じゅべにーる
チキン！
2016年11月30日　第1刷
2017年5月30日　第3刷

作　者　いとうみく
画　家　こがしわかおり
ISBN978-4-580-82302-0
NDC913　A5判　168p　22cm

発行者　佐藤徹哉
発行所　文研出版　〒113-0023　東京都文京区向丘2－3－10　☎(03)3814-6277
〒543-0052　大阪市天王寺区大道4-3-25　☎(06)6779-1531
http://www.shinko-keirin.co.jp

印刷所／製本所　株式会社太洋社